fHM
futami
HORROR
×
MYSTERY

沼の国

宮田 光

Miyata Hikaru

イラスト　Re°（RED FLAGSHIP）

デザイン　坂野公一（welle design）

contents

I

〈二〇〇七年〉
三月二十三日

窓に額をくっつけ県道沿いの景色を眺める。視界を横切るのはコンビニに牛丼店、ドラッグストアやガソリンスタンド……。見慣れたチェーン店ばかりで、遠くに見える山以外、珍しいものは一つもない。

引っ越し先のS市は、今まで住んでいたT市より栄えているとお母さんは言っていたけれど、そう大きな違いはなさそうだ。わずかに肩を落としたところ、赤と白の縞《しま》模様の店舗が目に飛び込んできた。

「ねぇ、ジョイミールがあるよ」

助手席の背もたれをバシバシと叩《たた》いて瑠那《るな》に知らせる。ジョイミールはパフェがおいしいと評判のファミリーレストランだが、T市には店舗がなかったので、訪れたことはなかった。

みんなで行こうよ、ジョイミール。食べよう、ステーキ、ピザにパフェ。陽気な歌声が流れ、クリームが山盛りにのったパフェが大きく映し出されるコマーシャルを見るたび、俺と瑠那は「いつか食べてみたいね」と言い合った。

「そう、ジョイミール。二人とも行きたがっていたよね。今度、みんなで来てみようか？」

運転中のお母さんは、ちらりとジョイミールに目を向けそう言った。

「行きたい！」

俺は身を乗り出した。しかし瑠那は無言だ。ジョイミールにもお母さんにも視線を向けることなく、正面を向いたままむっつりと押し黙っている。

今朝、お母さんが俺たちを一時保護所に迎えにきた時から、瑠那はずっと不機嫌を貫いている。保護所での暮らしがどうだったか聞かれても、無視するか適当にしか答えず、好きなアイドルの曲をかけてもらったり、途中のコンビニでアイスを買ってもらったりしても、喜ぶ素振《そぶ》りを見せなかった。

前方の信号が赤に変わった。お母さんはいつもより少し強めにブレーキを踏む。

重苦しい沈黙に耐えられず、俺は薄く窓を開けた。隣に座る大哉《だいや》が起きていれば、とんちんかんなお喋《しゃべ》りで場の雰囲気をまぎらわせてくれたはずだが、五歳の弟は完全に寝入っている。

二か月ぶりに姉と兄に会えるということで、昨夜はなかなか寝付けなかったらしい。

信号が青になった。発進した車が赤と白の店舗を追い越していく。

お母さん、本当に連れてきてくれるだろうか。去年のクリスマスには回転寿司店にみんなで行こうと約束していた。けれど、当日になって今はお金が大変だからもう少し待ってと言われ、結局、うやむやになって話は消えた。

お金は大丈夫なのだろうか。大丈夫なはずだ、たぶん。こっちで見つけたクリーニング屋さんの仕事は、前に働いていたパチンコ屋さんの仕事よりお給料がいいと言っていたし、ひいばあちゃんの家に住むのだから、家賃を払う必要もなくなる。

やがて車は県道を離れて住宅街に入った。俺は腰を浮かせてきょろきょろと辺りを見回す。今にも雨が降り出しそうな天気のせいか、どの家も窓を閉め切り、出歩いている人の姿もない。

「家、この辺りなの？」

「うん、すぐそこ」

車は坂道を下っていく。アスファルトがあちこち剝がれているせいで車体がガタガタと弾み、その振動で大哉が目を覚ました。

「……ウルトラナイトは？」

俺は座席に転がっていたプラスチック製のフィギュアを拾い上げ、寝ぼけ顔の弟に手渡した。二年前にテレビ放映が終わった、特撮もののヒーローを抱きしめた大哉は、再び目を閉じる。

「ダイちゃん、もう寝ないで。すぐお家に着くから」

お母さんは焦って言った。寝入った大哉を運ぶのが嫌なのだ。

坂を下り、交差点を直進した車はそのまま数十メートルほど進むと、右折して細い路地に入った。路地には家が二軒並んで建っているが、その区画以外は林になっている。林に手入れされている様子はなく、木も草も伸び放題だ。

二階建てと平屋。並び立つ二軒のうち、お母さんが車を止めたのは、手前側の二階建ての家の前だった。

車から降り、枯れた雑草を踏みしめた俺は、お母さんが育った家を見上げる。

とてつもなく古びた家だった。壁全体が灰色に汚れ、いたるところにヒビも入っている。玄関柱はひどく傷んでいて、剝がれ落ちた木くずが根元に溜《た》まっていた。二階の窓枠がゆがんでいるように見えるのは、たぶん気のせいではないだろう。

古い家だとは聞いていた。しかし、まさかここまでオンボロだとは……。

がっかりした。けれど、すぐにまぁいいかと気を取り直す。少なくとも隣の平屋よりはマシだ。あっちはひいばあちゃんの家よりもっと貧相で、強風が吹けばトタンの壁が剝がれて飛んでいってしまいそうだ。

うん、そうだ。ちっとも悪くない。どんなにボロボロの家でも家族四人で暮らせるのなら、それだけで十分。俺はそう考えたけど、瑠那は違ったようだ。

車から出てきた瑠那は家を見るなり「最悪」とうなじをかいた。首の後ろをガリガリとかくのは、いらついた時や不安な時に出てくる瑠那の癖だ。

「古いけど、前のアパートよりはずっと広いでしょ」

お母さんは取りなすような笑みを浮かべる。

「二階には部屋が二つあるの。片づけが終わったら、瑠那と亮介《りょうすけ》の部屋にしてあげる」

「やった！」

声を弾ませ、こぶしをにぎった俺とは対照的に、瑠那はフン、とつまらなそうに鼻を鳴らした。

お母さんは肩をすくめて家に入っていく。俺は瑠那をにらみつけた。

お母さんに対して怒る気持ちは理解できる。けれどいい加減、不機嫌な態度を見せつけられるのはうんざりだ。いつまでも当てつけがましくイライラして、せっかく始まる新しい生活を台無しにしようとして。

「……ねぇ、なにか変なにおいがしない？」

瑠那が顔をしかめた。言いがかりかと思ったけれど、すんすんと鼻を動かしてみると、確かに下水のような、苦みと酸味が入りまじったにおいがした。

なんのにおいだろう。ぐるりと周囲を見回すが、悪臭の元となるようなものは見当たらない。

「家の中、ダイが案内してあげる」

すっかり目を覚ましたらしい大哉が、俺と瑠那の腕をぐいと引っ張った。俺たちより三週間ほど早くここで暮らしているからといって、得意になっている。

大哉に続いて家に入る。当然ながら中もかなり古びていた。天井にも壁にもしみが浮き上がり、廊下は傷だらけだ。

もしかしたらこの家自体が腐りかけているのかもしれない。家の中にまで漂う饐《す》えたにおいに、そんな不安が胸をよぎる。

「二階に行こう」

すでに鼻が慣れてしまったのか、靴を脱ぎ捨てた大哉は、においを気にする様子もなく急な階段を上がっていく。床板は五歳児のそう重くはない体重を受けただけで深く沈み、ミシミシと嫌な音を立てた。俺はなるべく体重をかけないよう、つま先立ちで大哉のあとをついていく。

二階の二部屋はどちらもひどい有様だった。埃《ほこり》を被った家具の他に、黴臭《かびくさ》い座布団やらなにが入っているのかわからない箱やらが乱雑に積まれている。お母さんは片づけが終わったら部屋を俺たちにくれると言ったけれど、この様子では一体いつになることやら……。

一階に戻り、風呂場とトイレを見て回る。シャワーなし、ひび割れたタイル張りの風呂場は瑠那に不評だったけれど、トイレにはそれほど古くなさそうな洋式便器が置いてあり、一応合格点が出された。ひいばあちゃんがリフォームしたのだろう。正直、俺も和式でなくてかなりほっとした。

「ここでご飯を食べるんだよ」

大哉が曇りガラスの嵌《は》まった引き戸を開けると、そこは茶の間だった。畳を数えると八畳あるが、真ん中に置かれた長方形のテーブルと、壁際の茶簞笥《ちゃだんす》のせいで狭苦しく感じる。茶簞笥には湯飲みや急須だけでなく、レシートやガスの検針票、薬の袋までが無造作に入れられていた。この茶簞笥や二階の様子からすると、ひいばあちゃんは片づけが苦手だったようだ。

なんとなく引き出しを開けてみる。すると黄ばんだ入れ歯が現れ、俺は思わず「うえっ」と声をもらした。

「ひいばあちゃんの形見だね」

にやりと笑った瑠那は、柱に画鋲《がびょう》で留められた日めくりカレンダーに手を伸ばした。日付が二月の初旬で止まっているのは、その日がひいばあちゃんの命日だからだろう。瑠那はカレンダーをビリビリと破っていき、日付を今日に合わせた。

「あなたたちのひいおばあさんが、亡くなったそうです」

一時保護所の職員からそう聞かされた時、俺はただ「そうなんだ」と思った。一度も会ったことがないひいばあちゃんなんて他人みたいなもので、死んだと言われても悲しくはならなかった。

　俺たちのお母さんは、ひいばあちゃんに育てられた。お母さんのお母さんは、五歳のお母さんをひいばあちゃんに預けたきり、どこかへ消えてしまったそうだ。お母さんのお父さんが誰かは、お母さんにもわからない。生まれた時からいなかったから。

「あの人はね、お母さんのこと、孫じゃなくて召使いみたいに扱っていたんだよ。体が大きい上に声がガラガラで、怒鳴られるとすごく怖かった」

　ひいばあちゃんと暮らしていた時期のこと語るお母さんは、いつも悲しげだ。ほしいものどころか、必要な洋服や文房具すらまとも買ってもらえず、高学年になるころには家事のほとんどをさせられた。それにも関わらず、ひいばあちゃんは「お前は役立たずだ」とお母さんを毎日のように責めたそうだ。

　高校を卒業したお母さんはすぐに家を出た。それからひいばあちゃんとは一度も会っていない。瑠那が生まれた時、一応電話はしたのだが、お祝いどころか相当嫌なことを言われ、それで完全に縁を切ったそうだ。

　ひいばあちゃんの死体を見つけたのは、郵便局の配達員だった。玄関の扉をノックしても出てこないので庭に回って声をかけようとしたところ、軒下でひいばあちゃんが倒れていた。死因は心筋梗塞で、見つかった時にはすでに死後十日ほどが経《た》っていたらしい。

お母さんをいじめていたひいばあちゃんのことは、ちっとも好きじゃない。でも少し、かわいそうには感じる。ひとりぼっちで命を落とした上、誰にも気づいてもらえないなんて……。十日も放って置かれたのだから、当然、死体は腐っていただろう。

前に図書館で読んだ漫画に出てきた、腐った死体の絵を思い出す。目玉が溶け、ぽっかりと空いた両目の穴から、ウジ虫が大量に這《は》い出ていた。

見たこともないひいばあちゃんの姿がその絵に重なり、ざわりと鳥肌が立つ。家の外や中に漂う異臭が、ひいばあちゃんが残した怨念のように感じられた。

「俺のランドセルはどこ？　ちゃんと持ってきてくれた？」

茶の間にやってきたお母さんに尋ねると、お母さんは「そっちの部屋の段ボールの中」と破れたふすまを指さした。

隣の和室に入り、壁際に置かれた段ボールを開けると、確かに俺と瑠那の荷物が入っていた。

黒いランドセルを引っ張り出し、金具からコイン型のキーホルダーを取り外す。昔はピカピカの金色だったコインは、俺が何度も触ったせいでメッキが剝がれ、鈍色《にびいろ》になってしまった。

それでもこのキーホルダーは、俺の特別な宝物だ。本当は保護所にも持って行きたかったのだが、私物の持ち込みは一切禁止だと言われてあきらめた。

表に彫られたイルカの顔をなでていると、鳥肌が治まってきた。ひいばあちゃんが死んだのは寒さが厳しい時季だ。十日ぐらいで死体がひどく腐ることはないと不吉なイメージを振り払う。

コインに自分の体温が伝わり、じんわりと温まってきた。家族のもとに帰ってきたという実感がやっとわく。

ただいま、お父さん。もういない父親に向かって、心の中、そっとつぶやく。

「ねぇ、見て」

和室に来た大哉がカーテンを開いた。狭い庭の端は急な斜面になっていて、周囲の林と一体化している。

「ほら、あれ」

大哉は斜面の下を指差した。そこには小さな池がある。

畳十畳ほどの大きさで、いびつな楕円《だえん》型をしている。周囲に巡らされた木の柵は折れたり倒れたりで、もはや柵の役割を果たしていない。

「へぇ。池があるんだ」

「あれは沼よ。黒沼《くろぬま》っていうの」

茶の間からお母さんが訂正した。

「元はもっと大きい沼だったらしいけど……六十年ぐらい前かな？　住宅地を作るためにほとんどが埋め立てられたそうよ」

ということは、この家も昔は沼だった場所に建っているわけか。なんだか急に辺りが湿っぽく感じられた。

「ちょっと見てくる」

俺はいそいそと玄関に向かった。瑠那と大哉もあとからついてくる。

家の裏に沼があるというのは、なんだか特別な感じがする。新しい小学校で友達ができたら、あの沼のそばに秘密基地を作ろう。夏には沼をプール代わりにして遊ぶんだ。

わくわくしながら庭に回ると、ずっと漂い続けていた異臭がより強くなった。

もしかして……。

斜面を下り、沼の前に立つ。底が見えないほど茶色く濁った水面は、ドロドロとした藻で覆われ、蛾《が》の死骸がひっくり返って浮いていた。

立ち昇る下水のようなにおいに耐えられず、俺は鼻をつまむ。異臭の元凶はこの沼だ。

「ダイはねぇ、ここで金魚を飼うんだ。赤いやつと、目がぽこっとした黒いやつ」

お気楽に言った大哉は、沼のそばに立つ木の幹にしがみついた。「無理だよ」と瑠那が首を横に振る。

「こんな汚い水に入れたら、すぐに死んじゃうよ」

プール代わりにして遊ぶこともできないだろう。入ったら病気になってしまいそうだ。

俺はちぇっ、と落胆まぎれに足元の小枝を蹴り飛ばす。ちゃぷんと小枝をのみ込んだ沼に、静かに波紋が広がった。

茶の間に戻ると、お母さんからプリントの束を渡された。新しく通う小学校から春休みの宿題を預かってきたらしい。

「えぇー、これ、全部やるの?」

学習プリントは保護所で散々やらされた。もう懲り懲りだ。

「わからないところがあったら飛ばしていいって。学校が始まったら、先生が個別に教えてくれるって言ってたよ。それと明日、新しい福祉司さんが面談に来るから」

猪瀬《いのせ》さんという五十歳ぐらいの男の人だそうだ。それまでは川田《かわた》さんというおばさんが俺たちの担当だったのだけれど、県境を越えて引っ越したため、管轄する児童相談所が変わり、担当者も変わったのだとお母さんは説明した。

「瑠那と亮介、また連れて行かれちゃうの?」

「大丈夫だよ、ダイちゃん。ちょっと様子を見にくるだけだから」

心配げな大哉の肩に手を置いたお母さんは、俺と瑠那を順番に見た。

「……これからは四人で頑張ろうね」

お母さんは噛《か》みしめるように言った。しかし瑠那にぷいとそっぽを向かれ、傷ついた顔になる。

「俺はこの家、結構気に入ったよ。新しい学校も楽しみだ」

わざと声を大きくして言うと、お母さんの表情が少しやわらいだ。瑠那が責めるような目で俺を見てくるが、こんな性格の悪いやつは無視だ。

学校にちゃんとなじめるか、本当はかなり不安だ。でも、家が気に入ったというのは嘘ではない。

古くて臭くて格好のつかない家だけど、一軒家だし、隣の家は空き家らしいので、大きな声で騒いだって平気だ。狭いなりに庭もあるから、いつかはバーベキューができるかもしれない。自分の部屋だって持てる。

そしてなにより、この家には井岡《いおか》がいない。

それは本当に、本当に、いいことだ。


俺たちのお父さんが亡くなったのはおよそ七年前、瑠那が四歳で、俺が三歳のころだ。仕事先に車で向かう途中、大雨のせいでタイヤがスリップし、車ごと川に転落したらしい。

当時の俺の記憶はひどくおぼろげだ。お父さんが死んだと聞かされた時のことはまったく覚えておらず、それまで住んでいたアパートから引っ越したことも記憶にない。お父さんはいつの間にかいなくなり、俺とお母さんと瑠那だけが、小さなワンルームで身を寄せ合うようにして暮らしていた。

けれど、二度目の引っ越しの記憶は鮮明に残っている。保育園の年長に上がる直前のことだ。お母さんに連れられ向かったアパートには、すでに男が住んでいた。

タバコをくわえた、やせっぽっちの男――。井岡は落ちくぼんだ目でじろりと俺たちを見下ろすと、口から白い煙を吐き出した。

「おう。世話かけんなよ」

少しの温かみもない大人の男の視線が恐ろしく、俺はお母さんにしがみついた。

「緊張しなくて平気よ」

お母さんは俺の肩に手を置くと、自分のお腹をゆったりなでた。

「お母さんとこの人は結婚するんだよ。瑠那と亮介にお父さんができるの。――弟か、妹もね」

そこで俺は初めて、お母さんのお腹がぽっこりと膨らんでいることに気がついた。

結局、大哉が生まれてからもお母さんと井岡が結婚することはなかった。お母さんは何度か井岡に籍を入れてと頼んでいたけど、井岡は面倒がり、機嫌が悪い時には「うるせぇ」とキレたので、やがてお母さんはなにも言わなくなった。

井岡は本当に嫌なやつだった。なにかにつけてすぐに怒鳴り、お母さんにも俺たちにも手を上げた。被害を受けなかったのは大哉だけだ。あんなやつでも血のつながった息子にだけは、少しは情を感じていたらしい。

お父さんが亡くなった時、俺は物心つかない子供だった。死ぬということの意味を知らず、さみしさだって漠然としか感じていなかった。

けれど年齢が上がり、自分を取り巻く環境が他の子たちのそれとはだいぶ違うと気づき始めると、お父さんが恋しくなった。

小学校のクラスメイトたちが話す「お父さん」。サッカーを教えてくれたり、お出かけに連れて行ってくれたり、大きなクワガタを捕まえた時にほめてくれる人……。自分にそういう存在がいないことが、すごく悲しかった。

お父さんのことを思い出そうとしても、どんな人だったのかも、どんな顔だったのかもよく覚えていない。かなりの写真嫌いだったらしく、画像さえ残っていないので確認することもできない。

俺の頭に残っているお父さんとの記憶はただ一つ、海へ行ったことだけだ。

俺はお父さんに手を引かれ浜辺を歩いている。打ち寄せる波を怖がったら、お父さんは俺を抱き上げて肩車をしてくれた。その景色の中にお母さんや瑠那の姿はない。たぶん、男二人で出かけたのだろう。行きか帰りの途中に、お土産屋さんに寄ったこともぼんやりと覚えている。そこでお父さんは、イルカが彫られたコインがついたキーホルダーを買ってくれた。

実の父親と死に別れ、血のつながらない乱暴者と暮らしている。俺は自分が最悪な毎日を送っていると思っていた。――でも、今ではそれは甘い考えだったと知っている。本当の最悪は、去年の夏休みとともに始まった。

そのころ、建設作業員である井岡に仕事を回していた会社がつぶれた。仕事が激減した井岡は日中もアパートにいることが多くなり、昼間から酒を飲むようになった。

酒を飲むと、井岡は余計に怒りっぽくなる。そして暴力はより激しくなった。夏休みで家にいた俺や瑠那は、些細《ささい》なことで殴られ、些細なことがなくても蹴り飛ばされた。

瑠那よりも俺が標的になることが多かった。その理由を瑠那は「亮介は顔が父親似だからかもね」とためらいがちに言ったことがある。

色白で垂れ気味の目じりに、小さな鼻、薄い唇。瑠那の顔は明らかにお母さんと同じ部品で作られている。大哉もどちらかといえばお母さん似だろう。けれど、確かに俺のくっきりとした目鼻立ちは、お母さんのそれとは違う。井岡は見知らぬ男の影を感じさせる俺の顔が腹立たしかったのだろうか。

夏休みが終わって井岡と顔を合わせる時間が少なくなると、暴力を受ける機会は減った。けれど冬休みに入れば、また最悪の毎日が始まった。

瑠那と二人、公園や図書館に入り浸って井岡から逃げようとした。しかし家に帰れば結局、「どこをほっつき歩いていたんだ!」と怒鳴られ殴られた。

苦しさに耐え切れなくなった時、俺はぎゅっとコインをにぎりしめ、お父さんとの唯一の思い出を引っ張り出した。何度も何度も波打ち際の光景をリプレイしていると、やがて失われた未来が見えてくる。

広くてきれいな家に住んでいる俺たち。お母さんはキッチンでおやつを作り、瑠那はリビングで三毛猫を抱っこしながらドラマを観《み》ている。俺と大哉とお父さんは庭でサッカーをしていて、ゴールデンレトリバーの子犬と一緒にボールを追いかける。お父さんが生きていたら大哉は存在しないけれど、そこは無視だ。

目の前に広がる幸せな景色……。けれど空想の光景は決して長続きせず、風に吹かれた霧のようにすぐに頼りなく消え去ってしまう。

「とにかく大人しくしていなさい」

俺たちの怪我《けが》の手当をしながら、お母さんはそう言った。

「あの人も苦労しているの。仕事が安定すれば、きっと元に戻るから」

元に戻ったとしても殴られることに変わりはない。そう思ったけれど、泣きそうな顔をしたお母さんを前にすると、なにも言えなかった。

近所の誰かが通報したのか、児童相談所の職員が前触れもなくアパートを訪れたのは、一月の終わり、日曜日の夕方のことだ。その前日の夜に飲みに出かけた井岡は、まだ家に帰ってきていなかった。

男女の二人組は、お母さんに俺たちの様子を確かめさせてほしいと言った。お母さんはとてもびっくりしていて、言われるまま二人を家に上げた。

職員は俺と瑠那と大哉の体をチェックした。前日、井岡は家を出る前に俺を蹴っていた。その時にできた痣《あざ》が俺の脛《すね》にあり、瑠那の肩にも、以前につかまれた時の痣が残っていた。

「転んだんです。階段で、足を滑らせて」

職員に怪我の理由を聞かれると、お母さんは俺の肩に手を回してそう話した。

「そうだよね？」

必死な表情でのぞき込まれ、俺は小さくうなずいた。真実を話せば、お母さんを裏切ることになると思った。

「昨日、階段で転びました」

しかし、俺のつたない嘘《うそ》は通じず、俺と瑠那はそのまま一時保護所へ連れて行かれることになった。大哉だけが残されたのは、井岡から暴力を受けていないこと、まだ小さな子供であることが考慮されたからだろう。

俺たちが安心して暮らせるように環境が整えば、お母さんのもとへ帰れる。一時保護所の職員はそう言った。それはつまり、井岡が心を入れ替るか、あるいはお母さんが井岡と別れなければ、俺たちは帰れないということだ。

井岡が変わることは絶対にありえない。それならお母さんはどうするだろう。あいつと別れて俺たちを迎えにきてくれるだろうか。

俺と瑠那が身一つで連れて行かれる時、お母さんはボロボロと泣いていた。迎えにきてくれるに決まっている。そう確信した次の瞬間には不安が胸を占めていた。自分が殴られても俺たちが殴られてもあいつから離れなかったのだから、今さら別れることはない。むしろ、井岡と血のつながらない俺たちがいなくなったのは、お母さんにとって都合がいいんじゃないか。

——いや、そんなはずない。お母さんは絶対に俺たちを選んでくれる。

希望と不安が入れ代わり立ち代わり頭の中をよぎった。しかしお母さんと会えない日がひと月も続くと、不安ばかりがむくむくと膨らんでいった。

俺と瑠那は施設の子になるんだ。もうお母さんや大哉とは暮らせない。そう落ち込んでいたところ、今朝になって突然、保護所の職員から「今日、お母さんが迎えにくるよ」と告げられた。

隣の県に住んでいるひいばあちゃんが亡くなった。井岡と別れたお母さんは、ひいばあちゃんの家で大哉と暮らし始めた。仕事をきちんと見つけ、生活できる基盤も整っている。職員からそんな説明を受けているうちに、お母さんがやってきた。

二か月ぶりに会ったお母さんはやせていた。俺たちの姿を見るなり「ごめんね」と泣き崩れ、職員になぐさめられた。

保護されている時、瑠那は井岡だけじゃなくお母さんに対しても怒っていた。あんな人と付き合うなんて馬鹿だって。

実のところ、俺だって近い気持ちを抱えていた。お母さんはどうしてあいつと別れてくれないのだろう、どうして俺たちが殴られているのに助けてくれないのだろうと。

でも、もやもやしたその感情は、お母さんの「ごめんね」でふっと薄れていった。お母さんは俺たちを選んでくれた。

だったら、それでいい。


茶の間でプリントを解いていると、突然、雨が降る音が聞こえ出した。カーテンが閉まっているので外の景色は見えないが、バチバチと屋根にぶつかる雨音の響きからして、かなりの大降りだ。

「……お母さん、大丈夫かな」

俺はシャーペンを動かす手を止めた。引っ越し祝いとして夕食に寿司を食べることになり、お母さんは一人で買い物に出かけている。

「車で行ってるんだから平気でしょ」

瑠那の口調は素っ気ない。手元を見ると、プリントではなく大学ノートになにかを書いている。

「なにしてんの?」

「日記。毎日つけることにしたの」

「生活の記録みたいに？　俺はあれ、嫌いだった」

一時保護所では「生活の記録」という面倒な日課があった。その日の出来事や思ったことを書いて職員に提出するのだ。

保護中は学校にも行けず、外出も制限される。施設内で同じことを繰り返すだけの日々なのに、書くことなんて思いつかない。俺はいつも適当なことを数行書くだけで終わらせていた。

「なんだか書かないと落ち着かないんだよね。癖になったみたい。言っとくけど、読んだら殺すから」

「読まないよ。興味ねーもん」

プリントに視線を戻すと、閉じたふすまの向こうからガチャガチャと音がした。隣の和室にいる大哉がブロック遊びを始めたようだ。「なにを作ろうかな」とひとり言が続く。

いっそう大きくなった雨音と大哉がブロックで遊ぶ音が入りまじり、ざあざあバチバチガチャガチャと騒々しい。でも、こういう雰囲気のほうが俺は集中しやすい。プリントを一枚終えたところで、和室から窓を開ける音が響いた。

「いらっしゃい。一緒にブロックしよう」

まるで誰かに話しかけるような大哉の口ぶりに、俺と瑠那は目を合わせて小さく笑った。

——またあれが始まった。

大哉には、大哉の頭の中にだけ現れる友達がたくさんいる。

虹色の羽が生えたぴぴすけ、耳の長いみみっち、三つの目を持ち眼鏡をかけているたんぞー。大哉が言うには、そいつらは大哉と遊ぶため、お空の国から雲の車に乗ってやってくるらしい。

俺たちには見えない友達と遊ぶ時、大哉は彼らが本当にそこにいるかのように話しかけるし、そうふるまう。お母さんによると、俺や瑠那にもそういう時期はあったそうだ。でも今の大哉よりもっと小さなころで、大哉ほど友達の設定も詳しくなかったらしい。

一歳違いの俺と瑠那はお互いが遊び相手になったけれど、大哉にはそういう存在がいない。想像上の友達と遊ぶことで退屈をまぎらわせているのだろう。

「あ、そうだ。今日はねぇ、ダイの兄ちゃんと姉ちゃんがいるんだよ。ホゴショから帰ってきたの」

ふすまを開いて茶の間に顔を出した大哉は、宿題をする俺と瑠那を指差しながら、

「これが亮介、こっちが瑠那」

と、開けっぱなしの窓を振り返った。どうやら空想の友達に俺たちを紹介しているつもりらしい。

みしり、と和室の畳がきしんだ音を立てた。そのとたん、降り出した時と同じ唐突さで

雨が止む。

あー、となぜか不服げな声を上げた大哉は、窓に近づき外を見回すと、肩をすくめておもちゃ箱に近づいた。宣言通り友達とブロックで遊ぶのかと思いきや、クレヨンと落書き帳を取り出し、茶の間に入ってくる。

「友達とブロックするんじゃないの？」

「だって、もういなくなっちゃったんだもん」

唇を尖《とが》らせた大哉は、俺の隣で落書き帳を広げた。パラパラとページをめくるたび、大哉が過去に描いた家族や空想の友達、ウルトラナイトの絵が次々に現れる。

「誰が来てたの？　ぴぴすけ？」

魔法が使えるぴぴすけは大哉の一番のお気に入りで、しょっちゅう一緒に遊んでいる。

「ううん。新しいお友達。沼の国から来たんだよ」

「ふぅん、新キャラか」

沼を見て新しいイメージがわいたのだろう。プリントにすっかりあきた俺は、ごろりと畳に寝転がった。

「新しい友達の名前はなんていうの？」

「わかんない。聞いても教えてくれないの。なんだか、うまくお喋りできないみたい」

「なら大哉がつけてあげれば？」

というか、いつもはそうしているだろうに。黒いクレヨンを手に取った大哉は、「えーっとねぇ……」と首をひねった。

「それじゃあ、しろぽんにする。顔が白いから」

その時、開けっ放しの和室の窓から湿った風が吹き込み、テーブルからプリントが数枚飛ばされた。

「ちゃんと閉めろよ」

文句をつけつつ立ち上がって和室に入る。窓に手をかけると、ふとガラスの外側に浮き上がる手形が目に入った。

お母さんが前に触れたところが湿気で浮き上がったのかと思ったが、それにしては大きいし、なんだかいかつい。ということは、大柄だったというひいばあちゃんの手形か。

手形に自分の手を重ねようとした俺は、しかし寸前のところで動きを止める。亡くなった人が残した手形に触れるのは、縁起が悪い気がした。

「ただいま」

玄関からお母さんの声が聞こえた。「お寿司!」と大哉が茶の間から飛び出していく。

窓を閉めた俺は、お母さんを出迎えに玄関に向かった。

二〇一九年
二月二十四日

　こぶしに並べて貼った絆創膏《ばんそうこう》は八時間の労働の末、すっかりふやけていた。一気に剝《は》がし取ると、赤黒いかさぶたが現れる。ピックの作業中に破れたらしく血がわずかに滲《にじ》んでいた。

「痛そうだね。棚にこすった？」

　顔を上げると、着替え中の半田《はんだ》さんが俺の右手の惨状に眉根を寄せていた。俺は絆創膏をゴミ箱に投げ捨ててへらりと笑う。

「はい、やっちゃいました」

「絆創膏なら事務所にあるよ。帰りに寄ったら？」

　そうします、と答えると、半田さんは自分が台車に足を踏まれて怪我をした時のことを語り出した。気のない程度に相槌《あいづち》を打ちつつ着替えを済ませ、「お疲れ様でした」と話を断ち切る。しかし半田さんは更衣室を出ようとする俺を「待ってよ。渡瀬《わたせ》君」と呼び止めた。

「これから飲みに行かないか。明日は休みだろ。たまにはオヤジ世代と飲んでみるのもいいじゃないの」

　半田さんがこの倉庫で働き始めてからおよそ三か月。若者の多い職場になじもうとしているのだろう。よくこうして仕事終わりに年下の同僚を飲みに誘うのだが、大体の場合、適当な理由をでっち上げられて断られている。

「すみません。俺、このあと用があるんで……」

「お、彼女かい？　うらやましいなー」

にやにやと笑う半田さんに、俺ははは、と笑い返した。

「そんなんじゃないっすよ」

今度こそ更衣室を出ると、向かいから二人の学生アルバイトがやってきた。会釈をするが、会話に盛り上がる二人は気づかないまま更衣室に入った。きっと半田さんは彼らにも誘いをかけ、すげなく断られるのだろう。

学生連中は明らかに半田さんを見下している。五十を過ぎて会社をリストラされ、倉庫作業のアルバイトとして年下の上司に使われる憐《あわ》れな底辺ということらしい。さっきの二人組は以前、「酒飲んでる場合じゃねぇだろ、あのジジイ」と陰口を叩いていた。

リストラされたとしても、きちんとした職歴があり、家族のために働く気力のある半田さんが底辺に見えるあいつらの目に、俺はどう映っているのだろう。大した学歴も職歴もなく、これからも見込めないバイト暮らしの二十二歳は……。

きっと、そもそも見えてすらいないんだ。

帰宅の途中、コンビニに立ち寄った。弁当をカゴに入れ、缶ビールが並ぶ棚に向かう。

どうせ味などわからない。一番安いものをカゴに放り入れた。

アパートの前に着くと、自室のカーテンの隙間から、出がけに消したはずの照明の光がもれていた。

心臓がどきりと跳ねる。友香《ともか》が帰ってきたのだ。

階段を上がってドアノブに手をかける。何度か深呼吸をしたのちに扉を開けるが、玄関に友香の靴はなかった。

「……友香?」

部屋に入ると、まず開け放たれたクローゼットが目に入った。友香の服はすべて消え、俺の数枚の服だけが、パイプの端で居《い》た堪《たま》れなさそうに固まっている。

テーブルに書き置きが残されていた。そばには合鍵が置いてある。

『ごめん。亮介のこと、もう信用できない。さようなら』

バッグにぬいぐるみ、細々《こまごま》とした化粧品、こだわって買ったものの結局はあまり使われなかったフライパンのセット……。友香の私物が消えただけで、ワンルームは一気に色が減り殺風景になった。敷きっぱなしの布団に座り込んだ俺は、長く息を吐く。

友香が自分を捨てて出ていったことに安堵《あんど》している。けれどももし、友香が荷物をまとめている姿を目の前にしていたら、俺はもっと違う感情を抱いていただろう。

初めての恋人だった。当時通っていたコンビニの店員で、俺のなにが気に入ったのか向こうから連絡先を訪ねてきた。てらいなく向けられる好意に、流されるように付き合い始め、たった二か月で押し切られるように同棲《どうせい》を決めた。

新居の保証人を誰に頼むかという話の流れで、俺は自分が児童養護施設で育ったことを伝えた。淡々と話したつもりだったが、滲むものがあったのだろう。友香はなにも言わず、なにも聞かず、ただ俺を抱きしめた。

正直、友香への気持ちに確証が持てないでいた。けれどその時、俺は確かにこの子が好きだと強く思った。

でも、それはとんだ思い違い――、いや、とんだ思い上がりだった。俺が人をまっとうに愛せるわけがない。

クローゼットの横に目を向ける。壁に空いた穴は、自分のこぶしと同じ形をしていた。友香が自分のいない間にすべてを終わらせてくれてよかったと、心からそう思う。

コンビニの袋から缶ビールを取り出し、ぐっとあおる。酒にはあまり強くない。缶一本を飲み干せば、すぐに頭がガンガンと痛みだす。今はその痛みを求めていた。

痛みは思考を奪ってくれる。過去も未来も見えなくしてくれる。痛ければ痛いだけ、楽になれる。

空になった缶を置くと、ぐわん、と頭が揺れた。布団に倒れ込んだ直後、ポケットの中でスマホが振動する。

どくどくとこめかみが脈打ち始めた。滲む視界の中でスマホの画面を見ると、メッセージの発信者は、瑠那だった。

『明日、会えない？　話したいことがある』

瑠那から連絡が来たのはおよそ二年ぶりだ。こちらからも同じだけ連絡していない。今さら顔を突き合わせてなにを話すというのか。

スマホを置いて目を閉じる。痛み以外のすべてを手離し、暗闇の中にもぐっていく。

Ⅱ

〈二〇〇七年〉

三月二十四日

大哉《だいや》が保育園に行ったあと、児童福祉司の猪瀬《いのせ》さんが家庭訪問に来た。前の担当者の川《かわ》田《だ》さんは優しげで話しやすい人だったけれど、猪瀬さんはえらそうで感じの悪い人だった。

家をもう少し片づけたほうがいいだとか、もっとしっかり子供のことを考えてあげなさいだとか、ネチネチとしつこいお説教をしてくる猪瀬さんに対し、お母さんは縮こまって何度も「すみません」と頭を下げた。

井岡《いおか》さえいなければうちは大丈夫なのに、よその人に疑り深くあれこれ言われたり聞かれたりするのは面白くない。しかも猪瀬さんは話し声が大きく、向い合っていると唾がたくさん飛んできた。

ひと月後辺りにまた来ますから。そう言って去っていく猪瀬さんを、俺たちはげんなりとした気分で見送った。

午後になると、お母さんは役所での用事を済ませるために出かけ、俺と瑠那《るな》は茶の間で宿題をした。集中し切れず窓の外を見やると、林をかきわけ黒沼《くろぬま》に近づこうとする二つの影があった。

子供……女の子だ。二人とも俺より年下に見える。

「誰か来たよ。近所の子かな」

俺の言葉に瑠那も視線を外に向けた。沼の縁に立った二人はおっかなびっくりという様子で水面をのぞくと、そろってポケットに手を入れた。

取り出されたものがなんなのか、この距離ではよく見えない。顔を見合わせた二人は、沼にそれを投げ入れると、神社で願い事をする時のように数度手を打った。

「なにしてるんだろ」

俺がつぶやくと、瑠那は「話しかけてみよっか」と窓に手をかけた。

窓を開ける音が大きく響く。すると二人は、きゃぁっ、と奇声じみた悲鳴を上げ、互いの体にしがみついた。

あまりに大げさな反応に俺も瑠那も面食らう。とまどう俺たちと、怯《おび》えた表情でこちらを凝視する女子二人。最初に口を開いたのは、背の高い方の女子だった。

「そ、その家に住んでるの？」

「そうだよ。昨日、引っ越してきたばかり。私たち、この家に住んでいた人のひ孫なの」

瑠那の答えに、明らかにほっとした様子の二人は、斜面を上って窓際までやってきた。

「それじゃあ私たちと同じS小に通うんだよね。何年生?」

背の低いほうの子に聞かれ、瑠那は自分が新学期から六年に、俺が五年になることを教えた。

「私たちは四年生。おんなじ美原《みはら》地区に住んでいるから、朝の登校班は一緒になるね」

「この辺、美原地区っていうんだ」

「坂の上と坂の下を合わせてね。私たちの家は坂の上のほう」

背の高い方の子は杏里《あんり》、低い方の子は花《はな》と名乗った。二人は幼なじみだそうだ。

「渡瀬《わたせ》のおばあさんが亡くなって、もうここには誰も住んでいないと思っていたから、びっくりしちゃった」

杏里が言うと、花は「そうそう」と笑って胸を押さえた。

「本当にぬまんぼが出たのかと思って、一瞬、心臓が止まったよ」

「ぬまんぼ?」

初めて聞く言葉に俺と瑠那が首を傾《かし》げると、二人はえっ、と目を丸くした。

「ぬまんぼのこと、知らないの? 渡瀬のおばあさんから聞いたことない?」

「ないけど……」

「ダメダメ。黒沼の近くに住むなら、ちゃんと知っておかないと危ないよ」

杏里と花は肩越しに注意深く黒沼を振り返った。わけがわからないながらも、二人の深刻な様子につられ、じわじわと不安が立ち昇ってくる。危ないって……なにが？

緊張する俺たち向き直った杏里は、「あのね」と声をひそめた。

「ぬまんぼっていうのは、黒沼に棲《す》みつく化け物のことなの」

黒沼には『ぬまんぼ』という化け物が棲んでいる。ぬまんぼは、沼に近づいた者を水中に引きずり込んで食い殺す。

そんな伝承が昔からこの地域には伝わっているのだと、二人の女子はずいぶんともったいぶった口調で語った。

「それってつまり、カッパのこと？」

俺はしらけた笑いをもらした。カッパやカッパみたいな妖怪がいるといわれている沼なんて、全国どこにでもあるだろう。珍しくも怖くもないありがちな話だ。

「全然違うよ。カッパは体が緑でしょ。ぬまんぼは水の妖怪だから透明なの。図書室にある本にもちゃんと書いてあるんだよ。昔、姿が見えないなにかに足を引っ張られて、沼に引きずり込まれた人がいるって」

花がむきになって言い返した。地元の民話を集めた本の中に、そういう記述があったそうだ。

「それってさ、足を滑らせたか、体がつって沼に落ちそうになったのを、昔の人が引っ張られたって勘違いしただけじゃないの？」

瑠那の意見に俺はうんうんとうなずくが、杏里は首を横に振る。

「勘違いじゃないよ。ぬまんぼに襲われた人は、実際にいるんだよ。この間、金木《かねき》さんがそう言っていたもん」

二人によると、春休みに入る前、S小学校では地元のお年寄りたちと交流するイベントが開かれたそうだ。複数のグループにわかれて、お年寄りたちが子供のころの話を聞いたり、一緒に昔の遊びをしたりする。金木さんというのはそのイベントに招かれたおじいさんのことで、七十歳を越える金木さんは子供のころ、黒沼の近くに住んでいたらしい。

「黒沼はね、六十年ぐらい前までは、もっと大きな沼だったの。坂の下の住宅地がすっぽり収まるぐらいの」

杏里の言葉に俺はうなずいた。

「その話は知ってる。この辺りは黒沼を埋め立ててできた住宅地だって、お母さんが言ってた」

「でも、沼をここだけ残した理由は聞いていないでしょ？」

確かに、なぜ埋め尽くしてしまわなかったのだろう。言われて初めて不思議に思った。

「大きな工事だったから、埋め立てには地元の人がたくさん雇われたの。金木さんのお父さんも、作業員として働いたんだって」

金木さんがお父さんから聞いた話によると、埋め立ての作業中、一人の作業員が騒ぎ出したそうだ。目に見えないなにかが自分の足を引っ張り、沼に引きずり込もうとしたと。

「ほかの作業員のみんなは、勘違いだ、酔っぱらったまま仕事に来たのかって、その人をからかったんだって。ぬまんぼのしわざだって言う人もいたけど、もちろん冗談のつもりだった。でもその次の日……」

杏里はわざとらしく唾をのむと、俺と瑠那の顔を見回した。

「仕事の最中、いつの間にかその人の姿が消えていたの。辺りを探してみると、その人が使っていた手ぬぐいが沼に浮かんでいた。もしかして足を滑らせ沼に落ちてしまったのかもしれない。そう考えた責任者は警察に知らせたけど、沼の中を探しても作業員の死体は見つからなかった……」

人々はぬまんぼのしわざだと恐れたそうだ。人間が沼をつぶそうとしていることに怒ったぬまんぼが、作業員を沼に沈めて骨まで食ってしまったのだろうと。

「地元の人たちは、沼の埋め立てに反対するようになった。それでしかたなく一部分だけ沼を残して、ぬまんぼの怒りをどうにか鎮めたんだって。……ね？　この話を聞いたら、本当にぬまんぼがいそうな気がしてきたでしょ？」

怖いよね、ヤバいよね、と杏里と花は大盛り上がりだ。

作業員の死体は見つからなかったのではなく、見つけられなかっただけ。あるいはそも

○4○

そも死んでおらず、仕事が嫌になって逃げだしただけ。そう思ったけれど、年下の女子にしつこく反論するのも格好悪い気がして、俺は「そうだね」と適当に話を合わせた。

「それで、さっきはなにをしてたの？　沼になにかを放り投げていたでしょ」

瑠那の質問に、きゃっきゃっと騒いでいた二人は黙り込み、そろって気まずげな顔をした。

「手を叩《たた》いて、お願い事をしているように見えたけど？」

「……あのね、ぬまんぼには別の言い伝えもあるの。まぁ、こっちは都市伝説みたいなもので、本に書いてあるような話じゃないんだけど……」

花は言いにくそうに語った。

沼にお供え物を投げ入れ――このお供え物はなんでもいいが、色は必ず赤いものでないとならない――、手を四回打つ。そして誰かの名前を頭に思い浮かべると、ぬまんぼがその誰かを沼に連れ去ってしまうのだと。

二人が沼に投げ入れたのは、杏里が昔使っていた赤い髪留めだそうだ。

なるほど、と瑠那はにやりと笑った。

「嫌いな女子をぬまんぼに攫《さら》わせようとしたわけね」

どうやら図星だったらしい。杏里と花は目に見えて焦りだし、自分たちだって別に本気でぬまんぼを信じているわけじゃない、ちょっとふざけただけだと取り繕った。

「連れ去られた人は、やっぱりぬまんぼに食べられちゃうの？」

「そう言う人もいるし、沼の底に閉じ込められて、永遠に出てこられなくなるって言う人もいる。女の人なら、ぬまんぼのお嫁さんにされちゃうって話も聞いたことがあるよ」

花の答えに、俺は「ふぅん」と黒沼を見やった。いかにも作り物めいた怪談話だが、聞いた後だと少し、濁った水面が不気味に感じられた。

杏里と花はその後しばらく沼の周りをうろついていた。しかし当然、ぬまんぼが現れることはなく、やがて待ちくたびれたらしい二人は、林を抜けて去っていった。

午後三時を過ぎると、スーパーの袋をぶら下げたお母さんが帰ってきた。

お母さんを追って台所に入った俺は、床に置かれた袋をのぞいた。中には冷凍食品や菓子パン、カップ麺が入っている。

「これ、食べていい？」

空腹を感じ、メロンパンを取り出す。しかし冷凍庫に食品を詰めるお母さんは、すぐに「駄目」と答えた。

「それは明後日からの昼ごはん用。お母さん、休みは明日で終わりだからね」

そうだ。給食のない長期の休みは、これが嫌だったんだ。お母さんは仕事、大哉は保育園。留守番の俺と瑠那の昼食は大抵の場合、菓子パンかカップ麺だ。どちらも嫌いではないが、毎日続くとなるとさすがにうんざりする。

でも……。

一昨日までのことを思い返す。一時保護所の食事は施設内で調理されたものが出されるため、温かくメニューも豊富だった。しかし大人たちに監視され、周囲との会話もままならない中での食事は、俺には菓子パンよりも味気なく感じられた。

大人しくメロンパンを袋に戻すと、お母さんはぎゅっと目をつむってこめかみを押さえた。頭が痛むようだ。

「薬、飲んだら？」

お母さんは頭痛持ちだ。そのせいで眠れないこともあるので、病院に通って頭痛薬と眠くなる薬をもらっていた。

「前の病院でもらった分はもう切れちゃったの。新しい病院、探さないとね」

冷凍庫の扉を閉めたお母さんは、椅子に座って息をついた。そっとしておこうと思ったけれど、お母さんのほうから「宿題は進んでる？」と聞いてきた。

「まぁまぁかな。ねぇ、お母さんは、ぬまんぼって聞いたことある？」

「ぬまんぼ？　なんでぬまんぼのこと知ってるの？」

驚いた顔をしたお母さんに、俺は黒沼を訪れた近所の子たちから聞いたのだと説明した。

「お母さんがここに住んでいた時も、何人かいたなぁ。沼に肝試しに来た子。でもきっと、ぬまんぼより、ひいばあちゃんのほうが怖かったと思う」

ひいばあちゃんは沼に来た子供たちを怒鳴って追い帰していたそうだ。時には子供たちに向かって物を投げつけることもあったらしく、その行為が近所で問題になったこともあると、お母さんは苦笑した。

「ぬまんぼの儀式の話は聞いた？　沼に青いものを投げ入れて人の名前を思い浮かべると、ぬまんぼがその人を連れ去ってくれるっていう……」

「青いもの？　あの子たち、お供えするのは赤いものだって言ってたよ」

お母さんは「そうなの？」と首をひねる。

「私たちの時代では、確かに青色のものって言われていたんだけどな……」

「ふぅん。いつの間にか変わったんじゃない？」

妖怪へのお供えとして、青いものより赤いもののほうが不吉な感じがして合っている。子供から子供へ語り継がれるうち、よりそれらしいほうに変化したのだろう。

「……お母さん、その儀式をしてみたことがあるの」

えっ、と俺が見返すと、お母さんは眉を下げて笑った。

「小一の時かな。青色っていってもなにをお供え物にしたらいいかわからなくて、でもいい加減なものでは願いを叶《かな》えてもらえない気がして、一番の宝物だったビー玉を沼に入れたの」

真っ青に透き通った、とてもきれいなビー玉だったという。通学路に落ちていたのを拾って以来、大切に持っていたそうだ。

「その時は私もほんの子供だったから、もしかしたら本当にぬまんぼがいるかもしれないって思っていたんだよね」

「……連れ去ってほしかったのは、ひいばあちゃんのこと？」

そうに決まっていると思いながら尋ねると、お母さんは「ううん」と遠くを見るように目を細めた。

「自分を攫ってほしいって願ったの。沼の底でもどこでもいいから、この家から連れ去ってほしかった」

お母さんはちらりと笑った。さみしさをごまかすために浮かべられた微笑《ほほえ》みに、胸が詰まるような気がした。

お母さんはかわいそうだ。母親に捨てられて、祖母にはいじめられて、結婚した人は命を落とし、付き合った男には暴力を振るわれた。

俺は自分の手のひらに視線を落とす。小柄なお母さんと比べてもまだまだ小さな手……。

早く大きくなりたいと思う。働いて、お金をたくさん稼いで、お母さんがなんの心配もなく暮らせるように。ぬまんぼに連れ去ってほしいなんて、二度と願わなくて済むように。

「あ、そうだ。ぬまんぼの話、大哉には聞かせないでね。最近、またおねしょ癖が出てきたのよ」

ため息まじりのお母さんの言葉に、俺は「マジで？」と眉を上げた。

大哉はトイレの失敗が多かった。それでも五歳になると日中にもらすことはほぼなくなり、おねしょの回数も格段に減ったのだが、俺たちが保護所に入っている間に後戻りしてしまったそうだ。

「俺がいなかったせいかな」

夜中にトイレに行きたくなった時、大哉は俺を起こす。薬を飲んで眠るお母さんを起こすのは手間がかかるし、大哉いわく、瑠那は「女の子だから」トイレに付き合わせたくないらしい。

「まったく世話のかかるやつだなぁ」

頭をかいた俺に、お母さんは「弟のこと頼むね、お兄ちゃん」と笑いかけた。

四月十三日

新しい小学校には五年生のクラスが一つしかなかった。転校初日、黒板の前に立たされた俺は、クラスメイトの注目を一身に浴びながら自己紹介をした。

渡瀬亮介《りょうすけ》です。隣の県のT市から引っ越してきました。よろしくお願いします。緊張のせいで声がブルブル震えた。

先生はクラスメイトたちにもそれぞれ自己紹介をさせると、俺に対する質問タイムを設けた。

好きな教科はなんですか？　算数と図工です。好きな給食は？　カレーです。どこに住んでいるですか？　美原地区です。どうして引っ越してきたんですか？　答えられずにいたら、先生が「お家の都合です」と代わりに言った。

転校初日は、男子も女子も代わる代わる話しかけてきた。母子家庭であること。同居していた男に殴られて一時保護所に入ったこと。その男から逃れて転校してきたこと。気まずい事実を隠すのに精一杯で、ちっともうまく話せなかった。

そのせいでクラスメイトの俺の印象は、話下手のさえないやつになってしまったようだ。あれこれとかまわれたのは最初の数日だけで、一週間が過ぎた今では、ほとんど放っておかれている。五年間クラス替えを経験していない同級生の関係はすっかりできあがっていて、俺は入り込む隙を見つけられないでいた。

うらやましいことに、瑠那のほうは六年のクラスでうまくやっているようだ。すぐに気の合う友達ができ、その子たちと放課後に遊びに行くこともあった。

「今日はシツレンか。だるいよな」

帰りの会が終わると、前の席の男子が、近寄ってきた男子にそう話しかけた。二人は同じ野球部だ。

シツレンってなに？　聞いてみれば会話のきっかけになると思ったけれど、実践はできない。

うつむいてランドセルに教科書をしまう俺は、聞こえてくる二人の会話から、シツレンが室内練習を指しているのだと理解した。昼休みからぽつぽつと降り始めた雨は、今ではざあざあと打ちつけるような大降りになっている。こんな状態ではグラウンドが使えないので、校内で練習するのだろう。

この小学校は部活動が盛んで、クラスメイトの男子の多くが運動部に入っていた。休み時間になると、同じ部活のメンバーで固まって遊んでいる。

部活に入れば友達ができるかもしれない。そう考え部活をやりたいとお母さんに伝えたら、難しい顔をされた。

部費がかかる。運動靴や道具を買う必要もある。大会や練習試合があれば、保護者が引率や差し入れをしないといけない。疲れ切った様子のお母さんからそう言われると、食い下がって頼むことはできなかった。

練習メニューへの文句を言い出した二人を横目に教室を出る。前の学校でも一緒に帰ったり、休みの日に家を行き来したりするような特別に仲の良い友達はできなかった。ここでもそうなるに違いないと思うと、足取りは重かった。

昇降口を出ると、集団下校の低学年の子たちが、雨の勢いに苦労しながら校門を目指す姿が見えた。

俺は傘を持たない自分の両手を見下ろし、肩を落とした。今朝、出がけに瑠那から「午後から雨の予報だよ」と教えられてはいたのだが、その時は雲一つない晴天だったので、つい手ぶらで登校してしまったのだ。

家までは歩いて七、八分。雨が弱まるのを待つか、このまま帰るか。迷いながら見渡した空は、一面灰色だ。

待っていたところで止みそうにはない。俺はランドセルのショルダーベルトをにぎり、大雨の中に駆け出した。

家まで走り続けるつもりだったが、坂を下り切ったところで体力が限界を迎えた。ズキズキと痛むわき腹を押さえ、駆け足から歩きに切り替える。直後、ふと背後に気配を感じた。

歩みを止めないまま肩越しに後ろを見やるが、大雨のせいで白っぽくぼやけた視界の中、人もいなければ車の影もない。ただ、坂のふもとの辺りでずっ、と音が鳴ったような気がした。

なんの音だろう。足を止めてじっと耳をすませると、激しい雨音にまじり、確かにずっ、となにかがこすれるような音が聞こえた。

ずっ、ずっ、ずっ……。

不思議だ。一定の間隔で連続する音は、一か所で鳴っているのではなく、発生源が動いているようだ。音の聞こえ方からして、こちらに近づいてきているようにも思える。

音の正体が気になり、俺は完全に体の向きを変え、坂を正面にした。

とたん、腐った水と泥をまぜたような異臭が鼻をつく。このにおい……、これは黒沼の……。

──ぬまんぼは、水の妖怪だから透明なの。

花の言葉が耳によみがえる。

まさか、ありえない。

一人笑った俺は踵《きびす》を返して歩き出した。直後、ずっずっずっ、と背後で鳴る音の間隔が、急いたように狭まった。

なにかが自分のほうへと這い寄ってくる。そんな不気味なイメージを振り払おうと歩みを速めると、背後の音もいっそうにペースを速めた。

──嘘《うそ》だ。絶対に違う。ぬまんぼなんているわけない。

足を止めたのは、背後を振り返り、自分を追うものなどいないと確かめたかったからだ。

しかしその瞬間、ぜえぜえ、と獣の荒い息遣いのような音が真裏から響いた。

耐え切れず、俺は駆け出した。恐怖がこみ上げ目に涙が浮かぶ。

──嫌だ！　来ないで！

ふいに雨足が弱まり、背後から聞こえる音が変化した。

たたたたたたたっ！

駆け足の音。すごく速い。このままでは追いつかれる。追いつかれたら、沼に引きずり込まれて食い殺される。誰かっ……誰か助けてっ！

「亮介っ！」

なじんだ声が俺をパニックから引き戻した。立ち止まって振り返ると、たたっと駆け寄ってきた瑠那が俺の腕をバシンと叩いた。

「なんで逃げるのよ」

不服そうに顔をしかめた瑠那の背後を、俺は注意深く見回した。自分と瑠那の弾んだ息の音と、名残のように雨がぽつぽつと落ちる音以外、もうなにも聞こえない。ただ、沼のにおいだけがかすかに残っている。

「あーあ、びしょ濡《ぬ》れじゃん。私の言うこと聞かないからだよ」

「わかってるよ」

俺は瑠那の傘の中へ無理やり入った。瑠那は濡れそぼった俺の姿に「今さら意味ないでしょ」とつぶやいたが、追い出すことはしなかった。

二人並んで歩き出す。何度も背後を確認する俺を気にすることなく、瑠那はぺらぺらと喋《しゃべ》り続ける。今日の給食の煮魚、イマイチだったよね。みんなが残したから先生が怒ってた。私はちゃんと全部食べたけど。こっちの学校の牛乳、ちょっと味が薄くない？　明日はいちごゼリーが出るんだって。やったね！

空が次第に明るくなっていく中、瑠那のくだらない話を聞いていると、怯えている自分が馬鹿らしくなってきた。

ただの気のせいだ。最初に感じた気配も、奇妙な音も、全部俺の勘違いだった。

異臭はまだ感じるけれど、この辺りは埋立地。雨が降って地中からにおいが上がってきたのかもしれないし、風にのって沼から漂ってきた可能性もある。

ふっと肩から力が抜けた。瑠那の傘から出ると、すでに雨は完全に上がり、雲間から青空がのぞき始めていた。

五月十日

ゴールデンウィークに入る前、猪瀬さんが二度目の家庭訪問に来た。猪瀬さんは嫌な目つきで家の中や俺たちのことをじっくりと見回すと、前回と同じようにえらぶったお説教をして去っていった。

ゴールデンウィークは例年の通り、どこへも行かず家で過ごした。退屈だったけれど、それでもいいと思えた。井岡と暮らしている時の休日は、あいつがいつ怒り出すかと常に緊張していて、退屈を感じることさえできなかった。

連休が明けると学校で球技大会が行われた。全学年を縦割りにしたチームを作り、いくつかの球技で競い合う。俺はドッヂボールの試合にだけに出るはずだったのに、バスケットボールのメンバーの一人が体調不良で学校を休んだため、急にそちらの試合にも出場することになった。

自分でも意外だったのだが、バスケは俺に向いているようだった。バスケットボールを触ったのはほとんど初めてだったけれど、ドリブルはスムーズにできたし、シュートは三本も決まった。

「初心者なのにうまいじゃん。バスケ部に入れば？」

一緒に試合に出たクラスメイトの中井《なかい》がそう言ってくれた。バスケ部の中井は、体育館シューズで試合に出た俺とは違い、海外ブランドのロゴが入った青いバスケットシューズを履いていた。

あれっていくらぐらいするんだろう。

帰宅の途中、俺は球技大会以降何度もそうしているように、中井のシューズを思い返した。少なくとも俺の三千円にも満たない全財産では買えないだろう。

俺は首をブンブンと振り、シューズの幻影を振り払う。これももう毎度のことだ。とぼとぼと歩く俺を運送会社のトラックが追い越していく。

トラックが坂の下の交差点を曲がるのを見送り、俺は「あれ？」と首をひねった。うちが建つ路地は、交差点を直進して六、七十メートルほどのところにあるのだが、その路地の入り口を塞ぐように黒いワゴンが停《と》まっている。

エンジンがかかったままなので、すぐに動かすつもりなのだろうと思っていたのだが、近づいてみると運転席に人の姿はなかった。

排気ガスのにおいに眉をひそめつつ、車を避けて帰宅する。午後五時過ぎ。まだ大哉もお母さんも帰っておらず、俺は合鍵を使って玄関を開けた。

茶の間に入ると、閉じたカーテンの向こうをさっと影が横切った。カーテンを開けるが、庭にも沼にも誰もいない。また杏里たちが来たのかと思ったのだが、気のせいだったようだ。

トイレに行こうとランドセルを畳に下ろす。その時、バタン、と玄関の扉が開く音が聞こえた。瑠那が帰ってきたのだ。

茶の間を出ようとした俺は、引き戸の前ではたと立ち止まった。どしどしと茶の間を目指す足音は異様に大きく、瑠那のものとは思えない。お母さんの足音とも、大哉の足音とも違う。

――ならば、誰の？

得体の知れないなにかが迫ってくる。ひと月前に坂の下で感じた恐怖がよみがえり、俺は弾《はじ》かれたように戸に飛びついた。

直後、曇りガラスにぬっと黒い影が映る。

ひっ、と喉の奥から悲鳴がこぼれた。俺は両手と足を使って必死に戸を押さえる。――入ってくるな、入ってくるな、入ってくるな！

戸を開けようとする影の力と、開けさせまいとする俺の力がぶつかり、戸がガタガタと揺れた。

しかし、拮抗《きっこう》は一瞬。影の力は俺よりはるかに強く、俺の手は呆気《あっけ》なく取っ手から剝がれた。

引き戸が乱暴に開かれた。現れた影の正体に俺は息をのんだ。

黒のワゴンなんてどこでも見かける車だ。どれも似たような見た目で、区別はつかない。だから気づかなかった。路地を塞ぐ車が井岡のものだと。

俺を見下ろす井岡の目は完全に据わっていた。

「真紀《まき》はどこだ」

俺はよろめくように後ずさった。

酒とタバコ。嗅ぎなれた暴力のにおいに、頭をつかまれた時の恐怖が、殴られた時の痛みが、まざまざとよみがえる。

「さっさと言え！」

振り上げられた手から逃れたい一心で身を翻す。無我夢中で窓を開け、靴下のまま外へ飛び出すと、背後から怒号が響いた。

庭を抜けて路地に出る。その時、井岡のワゴンの後ろに軽自動車がついた。お母さんの車だ。

車の持ち主が誰なのか理解したのだろう。最初は迷惑そうにワゴンを眺めていたお母さんの目が、はっと見開かれる。俺はワゴンを避け、お母さんの車に駆け寄った。

「あいつが来た！」

ドアを開けて後部座席に乗り込む。直後、井岡が家の敷地から姿を現した。

「あっ、お父さん！」

はしゃいだ声を上げた大哉は、しかし向かってくる井岡の形相に気づくと、びくりと身を縮ませた。

「バックして！」

俺は声を張り上げた。しかし、お母さんは井岡を凝視したまま凍りついたように動かない。大股で近づいてきた井岡が、運転席のドアを開ける。

「おう、出ろよ」

この男に逆らってはいけない。長年の間にしみついた恐怖の規律に、お母さんは従った。俺が呼び止めるのも聞かず、運転席から出ていく。

「今さらなんの用なの？」

首をすくめたお母さんに対し、忌々しげに鼻を鳴らした井岡は、ひいばあちゃんの家を振り返った。

「土地もお前が継いだのか？　金はいくら残ってた？」

「お金なんてないわよ」

確かに土地と家以外、ひいばあちゃんに財産と呼べるものはなかった。だが井岡はごまかされたと感じたらしく、「あぁ？」とうなるような声を出すと、骨ばった手でお母さんの頭をつかんだ。

「おい、なんだよ、その態度は。お前もガキも長い間、俺が食わせてやったんだぞ！」

「やめて」

頭を激しく揺さぶられ、お母さんは悲痛な声を上げた。

助けないと。そう思うのに、声を出すことさえできない。

俺はただ、五歳の弟と同じように震えるだけ……。

「すみません」

ふいに背後から声が割って入った。小走りで近づいてきたのは、さっき俺を追い抜いていった運送会社の制服を着たドライバーだった。トラックは少し離れたところに止まっている。

「なにかトラブルですか」

「てめぇには関係ないだろ。消えろよ」

井岡はすごんだが、井岡より少し若く見えるドライバーは少しもひるまず、むしろ威圧するように肩を怒らせて前に出た。近くに並ぶと、やせた井岡とがっしりしたドライバーの体つきの違いが際立つ。

「子供の前ですよ。これ以上揉《も》めるつもりなら、警察を呼びます」

ちらりと車内の俺たちを見やったドライバーは、井岡に視線を戻すと眉根を寄せた。

「あんた、酒飲んでる？　駄目だよ、飲酒運転は」

不利だとわかったのだろう。チッと舌打ちをした井岡は、お母さんをひとにらみすると、自分の車に乗り込んだ。

せめてもの虚勢か、荒っぽく発進した黒いワゴンが、大きな音を立てて去っていく。

「旦那さんですか」

ドライバーに尋ねられ、お母さんはしどろもどろになった。

「いえ、あの……もう別れていて……」

「元旦那？　別れたのにあんなふうに訪ねてくるの？」

お母さんが口ごもると、ドライバーは俺たちを見た。同情の色が強く浮かんだその視線から俺は顔を背ける。

「本当に警察には知らせたほうがいいと思いますよ。また来るかもしれないし……」

「騒ぎにはしたくないので……」

消え入りそうな声でお母さんが言うと、ドライバーは納得していない顔をしながらも引き下がった。

「それじゃあ気をつけて」

キャップをかぶり直したドライバーは、駆け足で自分のトラックに戻っていった。


力が抜けたように茶の間に座り込んだお母さんは、自分の膝にすがりつく大哉の背中を無言でなでた。

俺は畳に転がるランドセルからキーホルダーを外すと、ぎゅっとコインをにぎった。

衝撃が抜けない。あの男の姿を見ることは、もう二度とないと思っていたのに……。

間もなくして瑠那が帰ってきた。井岡が現れたことを教えると、瑠那は顔をさあっと青ざめさせた。

「なんで？　意味わかんない。お母さん、あいつとはちゃんと別れたんでしょ？」

「別れたわよ。あの人だって納得してた。清々するなんて言っていたぐらいで……」

児童相談所に目をつけられたことを厄介がっていた井岡は、出て行って実家で暮らすというお母さんを止めず、むしろ追い立てたそうだ。

「それなのに今さらよりを戻そうとしているの？　うちに遺産があると思って？」

お母さんはわからないとでも言うように首を振った。そもそも道理の通った考えをするやつじゃない。飲酒で昂《たかぶ》った怒りを衝動的に俺たちにぶつけにきたというのが、一番ありえる気がする。

「警察に言ったほうがいいんじゃない？」

俺の言葉に「駄目よ」とお母さんは語気を強めた。

「警察に話したら児相にも知らせが行く。そしたらあなたたち、また保護所へ連れて行かれちゃうかもしれない。ここで暮らすのが危ないと思われたら、もう帰ってこられなくなるかも……」

「嫌だよ。亮介と瑠那がいないと、さみしいよ」

大哉に腕をつかまれ、俺と瑠那は目を見合わせた。

暴力を振るわれる恐れがないとはいえ、一時保護所は決して居心地の良い場所ではなかった。鉛筆一本使うのにも許可がいるような、常に監視されているような生活で、性格の悪いいじめっ子もいた。もう二度と戻りたくはないし、そのまま児童養護施設に預けられるかもしれないと思うと、ぞっとする。

「とりあえず様子を見ることにしよう。もし次に姿を見せたら……その時は、警察に知らせる」

お母さんは戸締りを徹底することを俺たちに求めた。しかし茶の間の窓は金具がゆがんでいるせいで鍵がかからない。家計に余裕がある時に直すことになったが、いつになるかは不明だ。

「もう嫌。いつまであいつに怯えないといけないの」

うなじをかきむしる瑠那に、俺は「大丈夫だって」と声をかけた。

「あいつ、ドライバー相手にかなりビビっていたもん。きっと二度とうちには来ないよ」

そうは言ったものの俺自身も不安だった。井岡はドライバーに恥をかかされたと思って余計に怒りを大きくしたかもしれない。

またあいつに怯えて暮らさないとならないのか。こみ上げる恐ろしさと悔しさに歯嚙《はが》みした俺は、コインに視線を落とした。

お父さんが生きていればよかった。お父さんがいてくれたら俺たちはこんな思いをせず、幸せに暮らしていられたのに。

夕食後、茶の間でぼうっとテレビを観ていると、大哉が隣の和室でまた例の遊びを始めた。今日の遊び相手はぴぴすけらしい。ウルトラナイトのフィギュアをかかげた大哉は、ぴぴすけを敵に見立てて戦いを挑んだ。

「大哉、静かにして」

宿題に頭を抱えていた瑠那がぴしゃりと言ったその時、玄関の扉をドンドンと叩く音が響いた。

みんなが一斉に息を止める中、数時間前に起こったことをもう忘れたのか、大哉は「はぁい」と玄関に向かおうとした。

俺は慌てて大哉の肩を押さえる。再びドンドンと音がして、「ごめんください」と男の人の声が聞こえた。

「あいつじゃないよ」

瑠那が言った。確かに声は井岡のものではなかったし、井岡なら「ごめんください」なんて絶対に言わない。

誰だろう、とお母さんは緊張の面持ちで玄関に向かった。俺たちも廊下に出て様子をうかがう。

「どちら様ですか」

扉を開けずにお母さんが尋ねると、すぐに返事があった。

「××運輸のドライバーです。夕方に会った……」

えっ、と驚きの声をもらしたお母さんは扉を開けた。水色の制服から私服に着替えたドライバーが立っている。

「大きなお世話だとは思ったんですけど、どうしても気になって。もしかしたらあの男が戻ってくるかもしれないし……」

ドライバーは遠慮がちに頭をかいた。表に止まっているお母さんの車から、ここが俺たちの家だとわかったという。

「心配してくださってありがとうございます」

いつもより高めな余所行《よそ》きの声で答えたお母さんに、ドライバーはおずおずとなにかを差し出した。小さな紙……名刺のようだ。

「裏に俺の連絡先を書いておいたんで、もしもなにか困ったことがあったら、遠慮なく連絡してください」

お母さんがペコペコとおじぎをしながら両手で名刺を受け取ると、ドライバーは照れたように笑った。

「もう失礼しますね。——おう、おやすみ」

ドライバーに手を振られ、大哉はぶんぶんと手を振り返した。見ず知らずの人の親しげな素振《そぶ》りにどう反応したらいいかわからず、俺はただ突っ立っていた。

夜、ふと目を覚ますと、瑠那が布団から起き上がっていた。トイレに行くのかと思いきや、戸の前でじっと立ち止まる。

「……どうしたの？」

声をかけると、瑠那は、しぃ、と唇に指を当て、戸を薄く開けた。

台所からお母さんの声がかすかに聞こえる。電話をしているようだ。

「猪瀬さんかな」

俺のつぶやきに、瑠那は「馬鹿」と肩をすくめた。

「あのドライバーに決まってるじゃん」

「あー、戸部《とべ》さんか」

戸部真司《しんじ》。お母さんがもらった名刺にはそう書かれていた。

「……内縁の夫が……ぇぇ。怒りっぽい人だから……暴力も……子供たちにも手を出して……」

どうやらお母さんは井岡の悪行を訴えているようだ。ささやき声は時折、ひどく揺れた。

「……優しいね、戸部さんって」

心配して家まで来てくれた上、お母さんの相談相手にもなってくれている。俺がそう言うと、瑠那は鼻を鳴らした。

「お母さんに気があるから優しくしているだけでしょ」

「お母さんが好きってこと？　ぇぇ、嘘だぁ。だって子供が三人もいるおばさんだよ？」

俺は布団から身を起こした。お母さんが誰かに「好き」と思われている。そう考えるとみぞおちの辺りがむずむずするような、変な感じがした。井岡からはお母さんを「好き」という感情が見えたことはない。

「おじさんからしたらおばさんには見えないんじゃないの？　っていうかお母さんってまだ三十二歳じゃん。そんなにおばさんじゃないよ。それに地味にしてるけど、まぁまぁ美人だし」

いまいちピンと来ず、頭をかく。俺はお母さんを美人だと思ったことはない。

「あの二人、そのうち付き合い始めるよ」

がりがりとうなじをかき始めた瑠那に、俺は「そんなわけないよ」と言い返した。

「あるよ。お母さん、満更でもなさそうだもん」

瑠那は戸を閉め布団に戻った。「ねぇ」と呼びかけても、布団を頭までかぶって返事をしない。

まったく女子ってやつは……。なんでもかんでも、すぐに『レンアイ』だ。

俺は瑠那と同じように布団の中にもぐりこんだ。暗闇の中にいると、じわじわと不安が押し寄せてくる。お母さんと戸部さんが付き合うだって？

戸部さんはいい人に見えた。けれど本当のところはどうかわからないし、たとえ正真正銘の善人だとしても、二人が付き合うのは嫌だ。

戸部さんだけではなく、お母さんにはもう誰とも付き合ってほしくない。お父さんのこと、忘れてほしくない。

ひいばあちゃんの骨は市営の共同墓地に埋葬された。お母さんが生まれる前に亡くなったというひいじいちゃんの骨も、同じところに埋まっているらしい。

川に落ちて死んでしまったお父さん。引き上げた車から、その姿は消えていた。割れた窓から流されてしまったようで、川を探しても遺体は見つからなかった。

お金が工面できなかったのだろう。お葬式はしていないし、お墓もないとお母さんは言っていた。

お父さんは今も暗い水の中にいる。それを忘れて他の人と付き合うなんて、薄情じゃないか。

しかし、そう感じるのとは別のところで、別の思いも生まれ始めている。布団から顔を出した俺は小声で瑠那に話しかける。

「でもさ、もしお母さんと戸部さんが付き合ったら、井岡は俺たちに手出しできなくなるよね？」

戸部さんは見るからに井岡より強そうだったし、実際、井岡は戸部さんに気圧《けお》され、すごすごと逃げ帰った。あの人には俺たちを守る力がある。

「亮介のそういうところ、ほんとお母さんに似てるよね」

布団越しに聞こえた声は、冷め切っていた。

「そういうところって？」

「不安だと、すぐ誰かに頼ろうとするところ」

瑠那はあっさり見抜いたのだ。俺が自分たちの安全と、お父さんへの憐《あわ》れみを天秤《てんびん》にかけたことを。そして天秤が自分たちの安全のほうに傾むいたことも。

「そんなの、しかたないじゃん！」

むきになって言い返すが、瑠那は反応しなかった。

俺は無性に恥ずかしくなり、再び布団の中にもぐりこんだ。

五月十九日

黒いワゴン車を見かけるたび、背筋を冷たいものが走った。あれきり井岡《いおか》は姿を見せない。けれどその影は俺たちを脅かし、さえなくとも安穏としていた日常をぶち壊した。

鬱々とした気分で迎えた週末の夜、戸部《とべ》さんが再びうちを訪れた。でも今回は突然やって来たわけじゃない。お母さんがお客さんとして招いたのだ。

「それ、ケーキ？」

戸部さんが持つ箱を指差し、遠慮なく尋ねた大哉《だいや》をお母さんは「こら」と叱った。戸部さんは声を立てて笑う。

「ロールケーキだよ。デザートに食べよう」

やったー、と大哉は飛び跳ねたが、俺はそんなふうに無邪気に喜べない。

今朝になって戸部さんを夕食に誘うと聞かされた時、瑠那《るな》は「ほらね」とでも言いたげな視線を俺に向けた。お母さんは「助けてもらったお礼」だと言っていたが、さすがの俺もそれが建前であることはわかった。

お母さんと戸部さん。大哉を挟んで気恥しそうに微笑《ほほえ》む二人の間にあるものに、気づかないほど子供じゃない。

こっち、と大哉は戸部さんの手を引いた。茶の間へ入ると、瑠那がテーブルに食器を並べていた。

「お、えらいね。さすが女の子だ」

ほめられても瑠那はいえ、と素っ気ない。愛想良くするつもりは欠片《かけら》もないらしく、戸部さんと目を合わせようともしなかった。

テーブルにごちそうが並んだ。お寿司にから揚げにポテトサラダ、それからパセリが気取ったように浮いた、洋風の野菜スープ。こんな洒落《しゃれ》た料理をお母さんが作ったのは初めてだ。

食事が始まると、戸部さんはお母さんよりも俺たちに話しかけた。学校はどう？　なんの漫画が好きなの？　好きなスポーツは？

戸部さんは自分のことも話した。他県の出身で、三十七歳。男三人兄弟の次男坊。転勤により一年ほど前にこちらに引っ越してきた。本来ならこの辺りの地区の配達担当ではないのだが、この間は担当者が休みだったため、代わりに配達に来たそうだ。

「亮介《りょうすけ》君、部活はやってる?」

「いえ、やってないです」

「なんだ。男ならスポーツはやっておくべきだぞ」

戸部さんは小学生の時は柔道をやっていて、中学と高校では剣道部に入っていたと語った。剣道では県の大会で入賞したこともあるらしい。

「バスケ部に入りたいとは思ってるんです」

スポーツ嫌いの男らしくないやつ。そんなふうに思われたくなくて慌てて言う。

「なら、入ればいいじゃないか」

「部費とかシューズ代とか、お金がかかるし……」

台所にいるお母さんに聞こえないよう小声で答えると、戸部さんは「そうかぁ」と頭をかき、それきり部活の話はしなくなった。

食事を終え、ロールケーキも食べ終えると、戸部さんは宿題を見てくれた。戸部さんは説明が上手で、算数のどうしてもわからなかった問題が、やっと解けるようになった。

「それじゃあ、またな」

帰り際、戸部さんは俺と大哉の頭をポンと叩《たた》いた。食事中の話の流れで、戸部さんは来週の日曜もうちに来ることになった。忙しくて二階の部屋の片づけが進まないとお母さんがこぼすと、手伝いを申し出てくれたのだ。

戸部さんがここまで親切なのは、やっぱりお母さんが好きだからなのだろう。にこやかに手を振り合うお母さんと戸部さんの姿に、またみぞおちの辺りがむずむずするような気がした。

五月二十一日

どこだ、ここは。

真っ暗でなにも見えない。息が苦しい。においが……腐った水と泥のにおいがする。粘り気のある闇の中、俺は手足をばたつかせた。苦しい。もう限界だ。誰か、助けて！声なき叫びは気泡となって暗闇にのまれた。ふっと意識が遠くなり、そして……、そして——。

はっと目を覚ました俺は、自分の顔面が枕に埋もれていることに気づいた。ごろりと仰向けになり、ふぅ、と息をつく。

いつから降り出したのか、雨音がざぶざぶと響いていた。雨が降ると、沼のにおいは強くなるらしい。部屋がいつも以上に泥臭く感じられる。

手を布団の外に投げ出し、再び目をつむると、雨音にまじってお母さんの小さないびきが聞こえた。ぜぇ、ぜぇ、と苦しげな息をもらしているのは、鼻が詰まりやすい大哉だろうか。

——いや、違う。大哉じゃない。苦しげな息遣いは、大哉が寝ている右隣からでなく、俺の頭の上のほうから聞こえる。

意識が一気に覚醒した。直後、頭上から、か、あっ、と低いうめき声が響く。

これは夢だ。寝入り端《ばな》に見る、現実との区別がつきづらい夢。本当のことじゃない。ぬまんぼなんて、いるわけない。

目を固く閉じたまま必死に自分に言い聞かせていると、頬にひたりと湿ったなにかが触れた。

のみ切ることのできなかった悲鳴が、喉の奥で小さく鳴る。

ぺたぺたと俺の頬を叩く冷たいそれは、人の手のような形をしていた。振り払ってしまいたい衝動をどうにか抑え込んでいると、今度は枕の横に投げ出した手のひらに、固く尖《とが》ったものが触れた。

爪だ。化け物の爪が、俺の手のひらで蠢《うごめ》いている。引っかくようにカリカリカリと。

俺は震える奥歯を嚙《か》みしめた。絶対に動いてはいけない。反応したら、次になにをされるかわからない。——いや、そうじゃない。怖がる必要なんてないんだ。これはただ夢なのだから。ぬまんぼなんて存在するはずないのだから。

起きろ。目を開けろ。そうすれば悪夢は終わる。決意とは裏腹に、まぶたは目に張りついて動かない。

ふと手のひらから尖った感触が消えた。同時に荒い息遣いも止む。

目をつむったまま周囲の気配をうかがうと、意識から遠ざかっていた家族の寝息と、先ほどよりは弱まった雨音が再び聞こえ始めた。沼のにおいも少しやわらいだように感じる。

しかし、それでも身動きは取れなかった。息を殺して警戒し続けているうち、まぶたの裏にかすかな光を感じ始める。夜が明けたようだ。

安心してわずかに身じろいだその時、頰にぺたりと生温かく湿ったものが触れた。

心臓が跳ね上がり、思わず目を開く。薄明りの中、まだ半分眠っているような顔をした大哉が、俺をのぞき込んでいた。

「……トイレか?」

ん、と大哉はうなずいた。弟の寝ぼけた顔は、俺を現実離れした恐怖から引き戻してくれた。


登校班の集合場所は、美原《みはら》地区と隣の地区の境界辺りにある電柱の前だ。隣の地区には小学生が一人しかいないため、一緒の班として学校へ向かうことになっている。

集合場所には俺と瑠那《るな》が一番乗りした。というより、一番乗りになるよう俺が瑠那を急《せ》かして家を出た。

あくびを嚙み殺す瑠那に、「あのさ」と切り出す。昨夜のあれは、夢や気のせいで済ますにはあまりに生々しい感覚だ。不気味で不安で、一人ではとても抱えきれない。前に坂で妙な気配を感じたことも合わせ、瑠那に伝える。

亮介ってほんとに弱虫。そんなふうに馬鹿にされたり、あきれられたりする覚悟はできていた。しかし瑠那は、

「亮介は疲れているんだよ」

と、思いがけなく同情を示してきた。表情からして、からかっているのではなく本気のようだ。

「詩織《しおり》さんのこと、覚えてる？」

うん、と俺はうなずいた。確かに覚えている。一時保護所にいた中学二年生の女子で、瑠那とは同室だった。

普段はぼんやりしていてとても大人しいのに、急にわめいて自分の体をかきむしったり、食器をひっくり返して食堂から逃げ出そうとしたりと、よく騒動を起こす人だった。俺は近寄りがたく思っていたけれど、瑠那が言うには、話してみると案外普通の人らしい。

「詩織さんは夜中に叫び出すことがあった。どうしたのって聞くと、毛むくじゃらの化け物が自分のベッドの横に立っているって、怯《おび》えているの」

瑠那は心配顔でこう続けた。人は心の調子が悪くなると、妙なものが見えたり聞こえたりすることがあると、保護所の職員が言っていたと。

なんとなく瑠那が言いたいことがわかった。俺はアスファルトのひび割れを靴の先でつつく。

「詩織さんは私たちより先に保護所を出たでしょ？　噂《うわさ》でだけど、親元に帰ったわけでも児童養護施設に入ったわけでもなくて、心を病んだ子が入る特別なところに行ったって聞いた」

「……俺、病気なのかな」

「病気ってほどのことではないよ」

慌てたように言った瑠那は、「でも」と俺の顔をうかがった。

「私たち、この数か月はいろんなことがあって大変だったでしょ。もっと言うと、もう何年も前から、井岡のせいでストレスがかかりっぱなしだった。それに昨日だって……」

瑠那は顔をしかめた。戸部さんのことがストレスになったと言いたいのだろう。

「積み重なったいろんなものの影響が、今になって出てきたんじゃないのかな。私だって保護所にいた時は、よく耳鳴りがしていたもん」

「それならやっぱり、追いかけられたような気配も、濡《ぬ》れた手に触られたような感覚も、全部ただの気のせいだったのかな」

「うん、そうだよ。心が弱っている時にぬまんぼの話なんか聞いたから、意識がそっちに引っ張られたんだよ」

胸で蠢いていた不安がだんだんに鎮まっていく。この数か月の出来事を思えば、確かに調子を崩すのも無理はないかもしれない。瑠那にきっぱりと言い切られたおかげで、そう思うことができた。

「おはよー」

そこに杏里《あんり》と花《はな》が連れ立ってやってきた。「ねぇ、聞いて」と杏里がはしゃいだ声を上げる。

「昨日、花の家に遊びに行ったらね、ミルクちゃんが私の膝で眠ったの。フワフワで、すっごくかわいかった！」

杏里と花の影響により、うちの登校班ではぬまんぼについて語り合いながら学校へ行くのが毎日のことになっていた。しかし、それはゴールデンウィークに入る直前までの話。花が子猫を飼い始めると、二人のぬまんぼへの興味は完全に消え去り、登校中はミルクちゃんの話題で占められた。

「大哉のトイレ係、しばらく代わるよ」

子猫の話で盛り上がる二人の女子をよそに瑠那はそう言った。俺がちゃんと眠れていないのではないかと心配しているようだ。

「いや、いいよ。毎日のことじゃないからそんなに大変じゃないし。恥ずかしがってまたおねしょをするようになったら困る」

男同士の思いやりだ。瑠那にお尻丸出しでトイレをする姿を見られたくないという気持ちは、俺にも理解できる。

五月二十七日

日曜の朝、戸部さんは知り合いから借りたという軽トラックに乗ってうちに来た。

みんなで力を合わせて、二階の部屋からひいばあちゃんが残した荷物を運び出した。俺は一度に一つの段ボール箱を運ぶので精一杯だったけれど、戸部さんはさすがに力持ちだった。血管が青々と浮き上がる腕で、一気に三つもの段ボール箱を運んだ。俺とお母さんでは動かせなかった古箪笥《ふるだんす》も、戸部さんが力を貸してくれたらあっさり持ち上がった。

俺は軽トラの助手席に乗り、戸部さんと一緒にクリーンセンターにゴミ捨てに行った。その帰り道、戸部さんは「ちょっと寄り道をするから」とショッピングモールの駐車場に車を止めた。

「ここ、来たことある？」

「うん、一回だけ」

引っ越したばかりのころ、日用品を買うために家族で訪れたのが最初で最後だ。

「大哉がおもちゃ売り場から離れようとしなくて大変だったんだ。電車のおもちゃがほしいって、床に寝転がって泣いてさ。俺が引きずって帰ったんだ」

「うちの弟も小さいころはそんな感じだったよ。ワガママな末っ子に振り回されて、兄貴は大変だよな」

戸部さんはわかるよ、とでも言うように笑った。

俺たちは並んでモールに入った。もしかしたらお土産にドーナッツでも買ってくれるのかと期待したが、戸部さんは食べ物屋さんが並ぶエリアをすたすたと素通りした。

「なにを買うの？」

「ここだ」

スポーツ用品店に入った戸部さんは、バスケットシューズが並ぶ棚の前で足を止めた。

あっ、と思った。どう反応したらいいかわからず、俺は戸部さんと棚を交互に見比べる。

「買ってやるから金のことは気にするな。足のサイズは？」

「でも……」

口ごもった俺の肩を、戸部さんは軽く叩いた。

「部費のことも俺からお母さんに頼んでやる。これがいいかな」

戸部さんが手に取ったのは、中井《なかい》が履いていたのと同じ海外ブランドの、黒いバスケットシューズだった。横に描かれたロゴまで真っ黒なのに、底だけが赤く塗られていて、それがとても格好よく見える。

「ほら、履いてみろ」

戸部さんは俺の足元にかがんだ。

これはなにかの罠《わな》なのではないだろうか。足を入れた瞬間、戸部さんの笑顔は剝がれ落ち、「調子に乗るな」と怒鳴られるのではないか。

だってこんなこと、俺の人生にはありえない。

「遠慮するな」

戸部さんは俺の足にシューズを履かせると、きつく靴紐《くつひも》を結んだ。

サイズはぴったりと合っていた。まるで俺のために作られたみたいに。

「お、いい感じだな。これにするか」

満足そうにシューズの横を叩いた戸部さんは、近くにいた店員に「会計お願い」と声をかけた。

お土産にドーナッツを買って家に帰ると、大哉は飛び上がって喜んだ。俺はお母さんにシューズを見せ、戸部さんに買ってもらったことをおずおずと伝えた。

「こんな高価なものを買っていただいて……どうもすみません」

恐縮するお母さんに、戸部さんは「俺が買ってやりたかっただけだから」と笑い、約束通り俺を部活に入れるべきだと言ってくれた。男なんだから体力や根性をつけさせないと駄目だって。

「……せっかくいただいたんだから、ちゃんと使わないとね」

お母さんは前に俺が部活に入りたいと訴えた時とは打って変わって機嫌が良さそうに言い、バスケ部への入部を認めてくれた。

うれしかった。なんだか急に、いろんなことがうまくいきそうな気がしてきた。井岡はもう二度と俺たちの前に姿を現さない。俺はバスケの才能が開花して、スタメンに選ばれ、クラスの人気者になる。そんな都合の良い未来が思い浮かんだ。

二階の片づけが終わらなかったので、再来週も戸部さんが来てくれることになった。夕食を食べた後に戸部さんが帰ると、大哉とお母さんは風呂に入った。

俺は茶の間で買ってもらったシューズを眺めた。つやつやと黒光りするロゴをなでていると、日記を書いていた瑠那が顔を上げた。

「そんなもので買収されたんだ」

「戸部さん、瑠那や大哉にもなにか買ってあげないと、って言ってたよ。俺にだけ買うのは不公平だよな、って」

俺だけが贔屓《ひいき》されたわけじゃない。戸部さんは瑠那や大哉のこともちゃんと考えてくれている。それを知ってほしかった。

しかし瑠那は俺をじろりとにらみ、「いらないよ」とうなじをかいた。

一つ年上の姉ちゃん。頼もしい時もあるし、優しい時もある。けれど機嫌の悪い時の瑠那が、俺はすごく嫌いだ。露骨にむすくれて、周りに当たって、こっちの気分まで悪くさせる。

「戸部さんは悪い人じゃないと思う。ちゃんと働いているし、お酒もあんまり飲まないって言っていただろ。戸部さんを疑ったところで、なんにもいいことないじゃん」

それは自分自身に対する言葉でもあった。べつに戸部さんとお母さんが付き合うことを受け入れるわけじゃない。でも、戸部さんは井岡と同じところに並べていい人ではないと思う。俺はシューズを畳の上に置き、瑠那に向き直った。

「お母さんのことだってそうだ。責めてもただ雰囲気が悪くなるだけじゃん。もう終わったことなんだからさ、いい加減、イライラするのはやめろよ」

言い終えた瞬間、飛んできたティッシュの箱は、俺の頭をかすめてふすまにぶつかった。わざと外したのだとわかったけれど、腹が立った。

俺が投げ返したティッシュの箱は瑠那の頭に直撃した。当てるつもりで、当てた。

「マジでむかつく」

すくりと立ち上がった瑠那は、日記帳で俺の頭を叩いた。

「ふざけんな！」

俺が立ち上がる間に、瑠那はさっと茶の間から出て階段を駆け上がった。追いかけようとすると、お風呂から出てきたお母さんに「床が抜けるでしょ！」と怒られた。

六月四日

部活には四年生から入ることができる。同級生から一年以上遅れてバスケ部に入部した俺は、四年生と一緒に基礎練習をさせられた。情けない気もするけど、それでも楽しさのほうが上回った。

四年生と比べたら俺はうまいほうだと思う。顧問の先生からは、「渡瀬《わたせ》は手足が長いから、身長が高くなるよ。バスケ部に入ったのは良い選択だ」と言われた。

クラスではバスケ部のメンバーが話しかけてくれるようになり、そのおかげで他のクラスメイトとも話す機会が増えた。やっと本当にクラスの一員になれたような気がして、学校に行くのが楽しくなった。

六月に入るとすぐ、三度目の家庭訪問があった。猪瀬《いのせ》さんが来る前、お母さんは井岡が来たことを話さないようにと、俺たちに念を押した。

「戸部さんと親しくなったことも言わないで。お母さんに男の人の友達ができたこと、猪瀬さんは良く思わないでしょ？　知られたら、監視が厳しくなるかもしれない」

三度目の家庭訪問で問題がなければ、経過観察は終了し、猪瀬さんがうちに来ることはなくなる。でも戸部さんの存在を知られたら、まだ注意の必要な家庭だと危ぶまれて家庭訪問が続くかもしれない。

猪瀬さんと会う機会は増やしたくない。あの人と顔を合わせるたび、俺は自分たち家族が異常だと言われている気がする。俺も瑠那も言われた通り、二人のことには触れず、なにも問題はないと告げた。

しおらしくお説教を聞く俺たちの態度は、猪瀬さんを納得させられたようだ。猪瀬さんは今日で家庭訪問を終わりにし、今後は電話で連絡を取っていくと言った。

猪瀬さんが立ち去ると、俺もお母さんも瑠那も、そろってほっと息をついた。

六月五日

体を揺さぶられる感覚に目を覚ますと、大哉が俺の顔をのぞき込んでいた。

「……トイレか」

俺はのっそりと起き上がった。すると大哉は泣き出す直前の鼻声で「お母さんがいない」と言う。

驚いてお母さんの布団を見やると、確かに空っぽだ。茶の間も台所も真っ暗で、お母さんの気配はどこにもない。もしかして……。

予感とともに玄関に向かうと、お母さんの靴がなくなっていた。家の表からは車も消えている。

和室に戻ると、瑠那も大哉に起こされたらしく、布団から起き上がっていた。

「お母さん、出かけたみたい」

「そう……」

瑠那は眉根を寄せた。俺も瑠那も焦らないでいられるのは、前にもこういうことがあったからだ。

三人でアパートに住んでいた時のことで、俺は今の大哉よりも小さかった。ある夜、ふと目覚めたら、隣で寝ているはずのお母さんがいなくなっていた。

俺は怖くなって大声でお母さんを呼んだ。けれど、１ｋのどこからも返事はない。わけがわからず泣き出すと、瑠那が目を覚ました。

お母さんの不在に気づいた瑠那は、部屋の明かりをつけて玄関へ向かうと、お母さんの靴がないことを確認した。

「お出かけしてるみたいだね。きっとすぐに帰ってくるよ」

瑠那にそうなだめられても、俺は泣き止まなかった。

「わかった。私がお母さんを探してくるから、亮介は待っていて」

意を決したように言った瑠那は、ぎゅっと唇を結んで靴を履いた。瑠那が一人で外に行くことも、自分が一人残されることも怖くて、俺は瑠那を追って玄関の外へ出た。

俺たちは固く手をつないでアパートの階段を下りた。お母さんの車が駐車場に戻ってきたのは、その時だ。

慌てた様子で車から降りるお母さんに、俺たちは駆け寄った。それまで冷静だった瑠那も、大泣きする俺につられたように泣きだした。

「ごめんね。ちょっと用があったの」

お母さんは俺たちを抱き寄せた。当時はその用がなんなのかわからなかったけど、今ならわかる。お母さんは井岡《いおか》のところに行っていたのだ。

視線が合いかけ、俺と瑠那は互いに顔を伏せた。もう子供じゃない。それが意味するところは理解している。

皮膚の内側をぞわぞわと蠢くような感覚から必死で意識を逸《そ》らしていると、お父さんのおぼろげな姿が浮かび上がり、お母さんに対してやたらに腹が立ってきた。

「大丈夫。少しの間、出かけているだけだから。すぐ帰ってくるよ」

瑠那がそう言っても、大哉はあの時の俺のように泣き続けた。なにを言われても、お母さんは一生帰ってこないのかもしれないという不安が消えないのだ。

「こっちで寝る?」

瑠那が布団をめくると、大哉はべそをかきながらも中に入った。

「ま、真ん中がいい」

そうしゃくり上げるので、俺はしかたなく瑠那の布団に入り、大哉の隣に寝転んだ。三人分の体温がこもって暑い。大哉はぐずぐずと泣き続けていたが、しばらくすると泣き疲れて眠った。

一人っ子じゃなくてよかったな。大哉の寝息を聞きながらそう思う。昔の俺にしても大哉にしても、一人きりではお母さんが突然消えた恐怖に耐えられず、もっとパニックになっていただろう。

思えば一時保護所にいた時だってそうだ。なにをするにも職員の許可が必要で、そしてほとんどなにもできない窮屈な生活。突然泣き出す子や怒り出す子がいて、常に気を張りつめていないと、自分までどうにかなってしまいそうだった。そんな日々でもなんとかやって来れたのは、瑠那がいたからだ。

部屋は別々にわかれていたし、普段の行動も男女で別だったので、姉弟でもいつも一緒にいられたわけではなかった。それでも食事や自由時間の時に俺の様子を見にきてくれる瑠那の存在は大きく、同じ場所に瑠那もいるのだと思えば、少しは安心もできた。

そういえば、お母さんを探すと言って一人で外へ出ようとした時の瑠那と、今の大哉はほとんど同じ年だ。

瑠那は俺より大哉よりずっとずっとしっかりしているし、勇気がある。そのことは認めないわけにはいかない。

「ティッシュ、ぶつけてごめんな」

こそりと言うと、瑠那はうん、と返事をした。こっちこそごめん、なんてことは言わない。瑠那ってそうやつだ。でも、それでもいいやと思った。

二〇一九年
二月二十五日

夜が明けて酒が抜ければ、瑠那からの連絡を無視し続けることはできなかった。

一体なんの用なのか。最後に会ったのは二年ほど前……俺が二十歳を迎えた直後のころ、瑠那は頼みがあると言って俺を喫茶店に呼び出した。

その時すでに瑠那とは疎遠になっていた。久しぶりの会合は思わぬ方向に転び、俺たちは互いに激しい憎悪をぶつけ合った。もう二度と顔を合わせることはないと思いながら別れたし、向こうも同じ気持ちだっただろう。それなのに、今さら顔を突き合わせてなにを話すというのか。

電話では話せないのか。そう尋ねるメッセージを送ると、県道沿いのファミレスに正午に来てほしいと返信があった。

行かないという選択もあった。しかし瑠那が顔も見たくもないはずの俺を呼び出し、なにを伝えようとしているのか気になった。直前まで迷い、約束の時間を一時間越えてファミレスを訪れると、瑠那はまだ店内にいた。

近づく俺の姿を認めた瑠那の視線が、ふと右手のこぶしに注がれた。そこに並んだ痕跡に瑠那は眉をひそめたが、すぐに表情を取り繕う。

「……久しぶり」

向かいに座ると、瑠那は小声で言った。俺がうなずくと、会話はそれで途絶える。瑠那があえて昼時の混雑する時間を指定したのは、この沈黙を周囲の喧噪《けんそう》でごまかしたかったからかもしれない。

俺はうつむく瑠那の顔をちらりと見た。分厚く塗ったファンデーションのせいで顔色が不自然なほど白い。左頬に広がる痣《あざ》を隠しているのだとわかったが、瑠那が俺のこぶしの怪我《けが》を無視するように、そこに触れはしない。

「……話ってなに？」

こちらから切り出すと、瑠那はうなじをかき始めた。華奢《きゃしゃ》な手に黒い髪がからみつく。

年を重ねるたび、瑠那はますます母に似ていった。子供のころ、目立つ華やぎはないが、儚《はかな》げな面立ちとたたずまいが妙に心を引きつける。

俺は母のそんな美しさを理解していなかったが、今ならわかる。――わかってしまう。元恋人の友香《ともか》は、言いたいことは言い、やりたいことをやる女で、俺は自分が彼女のそんな気の強さに惹《ひ》かれているのだと思っていた。

けれど違った。俺は友香が好きだったのではなく、自分がそれに引きつけられていることを認めたくなくて、正反対の素質を持つ友香のそばにいただけだ。

「パパ、見ててね！」

突然響いた子供の高い声に、体がびくりと揺れる。隣の席に座る四、五歳ほどの男の子が、おまけでもらったらしい車のおもちゃのゼンマイを巻いていた。テーブルの上に放たれた車は、コップに当たって進路を変えると、男の子の向いに座る父親の膝に落っこちた。きゃらきゃらと笑う子供は、「もう一回やる」と父親から車を受け取った。

「……うるせぇな」

ぼそりとつぶやくと、瑠那が顔をゆがめた。

子供は嫌いだ。こぶしをにぎって不快に耐えていると、冷水の入ったコップが目の間に置かれる。「ご注文はお決まりですか」と笑顔を浮かべる店員に、俺はアイスコーヒーを頼んだ。

「お母さんが……」

店員が去ると、瑠那はやっと口を開いた。長らく「お母さん」という言葉を口にしていなかったからか、響きに妙な強張りがあった。

「……お母さんが、なに？」

聞き返した俺の「お母さん」にも固さがあった。瑠那はうなじから手を離すと、テーブルの上で両手を強く組んだ。

「お母さん、またあいつと暮らしているの」

あいつが誰を指しているのかはすぐにわかった。俺は悔しげに下唇を噛む瑠那を呆然《ぼうぜん》と見つめる。

子供の甲高い笑い声が遠ざかり、代わりに大哉が泣き叫ぶ声が耳元でこだまする。

――お父さぁん！

五歳で命を奪われた弟の笑い声は、もうとっくに思い出せない。

Ⅲ

〈二〇〇七年〉

六月六日
　部室のロッカーからシューズを取り出し、右足を入れる。とたんに冷たさを感じ、慌てて足を引き抜くと、靴下の足裏が湿っていた。

　俺は「えっ」とシューズの中をのぞいた。全体がびっちゃりと濡《ぬ》れ、中底の色が変わっている。もう片方のシューズも同じ状態だった。

「どうしたの？」

　クラスメイトの中井《なかい》が聞いてきた。

「なんか、バッシュが濡れてるんだけど……」

　どうしてこんなことになっているのか、見当がつかなかった。けれど中井はなにかに思い当たったらしく、「あー」とつぶやいた。

「たぶん、田島《たじま》君のしわざだよ」

　田島君は六年生だ。部活にはあまり来ないくせに、後輩にいばる嫌なやつ。バスケだってあまりうまくない。

「田島君、渡瀬《わたせ》のこと、調子に乗ってるって言ってた。自分が渡瀬に追い抜かれそうだから、悔しいんだよ」

去年も同じような被害を受けた子がいるらしい。状況からして犯人は田島君なのだが、証拠がないから、誰も田島君を責められなかったそうだ。

田島君なら確かにこういう陰険なことをしそうだ。田島君は前に、うちが母子家庭なのをからかってきた。隠していても、そういう情報はどこかからもれるものらしい。

こんな状態では使えない。俺はシューズをロッカーに戻した。

「教室から体育館シューズ取ってくる」

部室を出ると、ゴール下に立つ田島君と目が合った。わざとらしく俺から視線を外した田島君は、しれっとドリブルを始めた。

顧問の先生に言いつけてやろうと思ったが、それはできないと考え直す。証拠がないから叱ってもらえないだろうし、田島君からさらなる恨みを買いたくもない。相手は六年だ。他の六年を味方につけられたら、バスケ部に居場所がなくなる。

俺は体育館から出ようとした。その時、ざあっと激しく夕立が降り始め、グラウンドで練習をしていたサッカー部や野球部の部員たちが、ぞろぞろと体育館に逃げ込んできた。

そのまま雨が降り続けていたら、バスケ部の練習場所の一部をサッカー部に譲ることになっていただろう。しかし幸いにも俺が体育館に戻ってくるころには雨はぴたりと止み、野球部もサッカー部もグラウンドへ帰っていった。

坂の下に黒いワゴン車が停《と》まっていた。

息が止まりかけたけれど、井岡《いおか》の車ではないとすぐに気づいた。運転席に座っているのはおばさんだし、ナンバーもまったく違う。俺はほっと肩を下ろして坂を下った。

家に帰ると、お母さんは茶の間で、大哉《だいや》は和室で昼寝をしていた。瑠那《るな》はどこかへ遊びに行っているらしく姿が見えない。

俺は持ち帰ったシューズを干そうと和室の窓を開けた。すると、むくりと起き上がった大哉が、きょろきょろと辺りを見回した。

「しろぽん、いなくなっちゃった」

大哉は残念そうにつぶやいた。話を聞くと、お母さんが眠ってしまったので一人で遊んでいたら、例のお友達、白い顔のしろぽんが遊びにきたらしい。しろぽんは大哉の背中をくすぐり、大哉は笑い疲れて眠ったそうだ。

そのうちお母さんも目を覚ました。時計を確認したお母さんは、「ご飯、作らないと」と慌てて立ち上がる。

「今日、戸部《とべ》さんも一緒にご飯を食べるから。仕事が早く終わりそうだって言うから、お誘いしたの」

昨夜、俺たちが寝ている間に家を抜け出したお母さんは、夜が明けたころに帰ってきた。朝になり、目覚めた大哉が抱きついて「どこ行ってたの？」と尋ねると、お母さんは俺と瑠那の顔を見ないようにしながら、「少しコンビニで買い物をしてきただけ」と答えた。

「今日はカレーを作るからね」

お母さんが台所へ行った直後、ただいま、と瑠那が帰ってきた。戸部さんが来ると知ったら、また不機嫌になるのだろう。

夕食を終えると、戸部さんと大哉は和室でウルトラナイトごっこを始めた。大哉は戸部さんに飛びついては布団の上に投げ飛ばされ、そのたびケラケラと笑い声を上げた。

俺は窓を開け、シューズの乾き具合を確かめた。大丈夫。明日までには完全に乾くだろう。

「洗ったのか」

戸部さんが聞いてくる。心配されるのが嫌で、お母さんには水を飲んでいる時に誤って濡らしたと伝えていた。けれど、戸部さんには本当のことを聞いてほしい気がした。

お母さんは台所で片づけをしている。俺は大哉を茶の間に追い出し、テレビを観ている瑠那に声が届かないようふすまをぴったりと閉めた上で、上級生から嫌がらせを受けたことを話した。

戸部さんからすっと表情が消えた。

「いじめられているのか」

「いじめってほどのことじゃないけど……」

「やったやつの名前を言え。俺が話をつけてやる」

戸部さんは真顔だ。本気で怒っている。

「べつにそんなに気にしてないよ」

雰囲気を変えたくてわざと軽く言うと、戸部さんは、「そんなふうにへらへらするな」

と大きな声を出した。

「毅然《きぜん》とした態度を取らないと、相手をつけ上がらせるだけだ。気にしてないなんて言っていると、なめられて、どんどんエスカレートしていくぞ」

激しい剣幕に圧倒され、俺は口ごもる。こんな展開になるなんて思いもしなかった。ただ「大丈夫か。頑張れよ」と励ましてもらえたら、それでよかったのに……。

ふすまが開き、お母さんが茶の間から顔を出した。

「どうしたの？」

心配そうに俺と戸部さんを見回したお母さんの後ろで、瑠那と大哉も同じような顔をしている。

戸部さんは、俺が嫌がらせを受けたことをお母さんに話してしまった。「俺がそいつの親と話をつけてやる」とまで言ったが、お母さんに「子供同士のことだから」となだめられ、どうにか怒りを鎮めた。

「また嫌なことをされたら、俺に報告しろ」

低い声で言った戸部さんは、気持ちを切り替えるためにか咳払《せきばら》いをすると、すっかり怯《おび》えてしまった大哉を構いだした。大哉はしばらくもじもじしていたが、戸部さんが「一緒に風呂に入るか」と誘ったら、コロッと気を取り直して、また戸部さんにまとわりついた。楽しそうに取っ組み合う二人の姿に、俺はほっとした。怒った戸部さんはとても恐ろしく、怒りを向けられているのは自分じゃないのに、脇から嫌な汗が出てきた。

戸部さんはそのままうちに泊まることになり、二階の部屋の空いたスペースに布団を敷いて眠った。

六月二十日

日曜日、戸部さんがまた軽トラに乗ってやってきた。その日で粗大ゴミはすべてクリーンセンターに運び終え、二階の二つの六畳間はがらんと空いた。

階段側の部屋が俺、奥の部屋が瑠那のものということで、部屋割りの話はまとまっていた。しかしその日以降、仕事帰りに家を訪れた戸部さんがそのまま泊まっていくことが多くなり、二階の奥の部屋は、戸部さんが眠るための部屋になってしまった。

　瑠那が部屋を使えないのに俺だけが自分の部屋を持つわけにもいかず、結局は階段側の部屋を二人で使うことになった。

　瑠那はカンカンに怒った。部屋が取られたことだけではなく、戸部さんが泊まりにくること自体にも。

　そして今日、お母さんの一言が瑠那の怒りを爆発させた。

「六月の末になったら、戸部さん、この家に引っ越してくるから」

　夕食を終え、そろそろ風呂を沸かそうかという時だった。驚いた俺は、まじまじとお母さんを見つめた。

「借りているアパートの契約がちょうど切れるから、この機会に一緒に暮らそうって言ってくれたの」

　お母さんの笑顔は内心の気まずさを隠せていなかった。バン、と瑠那がテーブルを叩《たた》きつけた。

「あんなことがあったのに、また男の人と暮らすの？　信じらんない！」

「だって……あなたたちのためにもなるのよ。戸部さん、うちの生活費も援助してくれるって言ってるの。洋服だって食べ物だって、あなたたちの好きなもの、もっとたくさん買ってあげられるようになる」

瑠那の口調に比べ、お母さんの反論はひどく弱弱しかった。お母さんがいじめられていると思ったのか、大哉はお母さんにしがみつくと、責めるような視線を瑠那に向けた。

どちらの味方をすればいいのかわからず、俺は畳のささくれをいじった。

実のところ、戸部さんとお母さんの付き合いに対して、前ほど嫌とは思っていない。戸部さんは井岡とは全然違う。俺に怒るのではなく、俺のために怒ってくれた。怖かったけれど、自分が大切にされているようで、こそばゆいうれしさも感じた。

戸部さんは頼りになる。もしもまた井岡が来ても、戸部さんがそばにいてくれるなら平気だ。けれど、けれど……。

けれど、まだ心が追いついていかない。自分やお父さんが、置き去りにされたような感じがする。

「私たちのため？　そんなの嘘《うそ》！　自分が男に依存してるだけじゃん！」

蔑みも露《あら》わな視線を向けられ、お母さんはうなだれた。その目から、ぽろりと涙がこぼれ落ちる。

「……私は、支えをほしがることも許されないの？」

俺たちがいるよ。そう言いたかったけど、言えなかった。

俺たちでは無理なんだ。お金を稼ぐこともできず、井岡を退ける力もない俺たちでは、お母さんの支えにはなれない。

瑠那が言葉を詰まらせたのは、俺と同じようなことを考えたからだろう。

無言で立ち上がった瑠那は、茶の間を出て二階の部屋に駆け込んだ。

七月五日

六月の下旬、戸部さんがうちに引っ越してきた。

二階の奥の部屋に運び入れられた荷物の中には、剣道の防具や竹刀、木刀もあった。剣道はもうやっていないけれど、思い出の品なので手元に残し続けているそうだ。

大哉は自分を構ってくれる戸部さんと暮らせることを単純に喜んでいた。瑠那は機嫌が悪かったけれど、他人の戸部さんに強く当たることもできず、一応は荷解《にほど》きを手伝った。

引っ越しの日の夜、俺たちは生まれて初めてジョイミールに足を踏み入れた。引っ越し祝いにと戸部さんが連れて行ってくれたのだ。

メニュー表を開き、ハンバーグとスパゲティのどちらにするか迷っていたら、戸部さんは「遠慮しないで好きなだけ食べろ」と両方を注文してくれた上、デザートのパフェまで頼んでくれた。憧れていた山盛りクリームのパフェは、想像よりもずっとおいしかった。

新生活が始まると、戸部さんは早々にルールを一つ作った。

夕食はみんなで食べること。ただし、戸部さんの帰りが夜の八時を過ぎそうな場合は、先に食べていい。せっかく一緒に暮らしているのに一人でご飯を食べるのはさみしいと、戸部さんは言った。

今までうちは夕食を七時前には食べていた。夕方にはもうお腹《なか》がぺこぺこになっているのに、八時まで待つのはきつい。瑠那は、なんであの人の言うことを聞かなきゃいけないの？ とお母さんに文句をつけた。

とはいえ戸部さんが生活費を援助してくれるおかげで、うちの食生活は格段に豊かになった。おかずは増えたし、出来合いのお惣菜《そうざい》が好きではない戸部さんに合わせ、お母さんの手作りのものがよく食卓に並ぶようになった。菓子パン一つで済ませていた朝食も、戸部さんの要望で和食と洋食が交互に出てくるようになったので、差し引きでいえばかなりのプラスだ。

良いことはほかにもある。今月の初め、戸部さんは俺と瑠那に五百円を渡し、「これからは毎月、俺が小遣いやる」と言ってくれた。

うちにお小遣いの習慣はなく、お母さんからお金をもらえるのは誕生日の時ぐらいだ。俺は小躍りしたい気持ちでもらった五百円玉をにぎりしめた。

さらに戸部さんは、瑠那のキャンプ代まで払ってくれた。

学校ではなく市内のボランティア団体が主催するキャンプだ。夏休み中に近隣の小学校の五、六年年生の希望者が、ボランティアの人たちと山に行ってキャンプをする。俺は興味がなかったけど、瑠那は参加したがっていた。仲良くなった友達と一緒に行こうと約束したらしいのだが、参加費が二万円もかかる。当然、お母さんは瑠那にあきらめるよう言った。

　それでも瑠那はねばった。うんざりしたお母さんと瑠那が言い合いになったところ、戸部さんが間に入ってくれた。

「そういう体験は貴重だから」

　戸部さんは財布から二万円を取り出すと、遠慮する瑠那に無理やりお札を持たせた。

　それ以降、瑠那は戸部さんに対して少しだけ心を開いたようだ。それまでは戸部さんが宿題を見てくれようとしても「大丈夫です」と断っていたけど、最近は素直に教えてもらっている。俺のこと、買収されたなんて責めていたくせに、現金なやつだ。

　そして今日、夜遅くに帰ってきた戸部さんは、寝ようとしていた俺と瑠那を台所へ呼び出し、こう言った。

「あの男と話をつけてきた」

　もちろん、あの男というのは井岡のことだ。戸部さんは井岡の暮らすアパートまで出向き、二度と俺たちに関わるなと警告してきたのだと、胸を張って語った。

「次に姿を見せたら容赦しないと脅したら、もうここへは来ないと誓った。だから安心していい」

　やっぱり戸部さんはすごい。戸部さんの前で縮こまる井岡の姿を想像したら、胸がすくような気がした。

「大変だったな。今までよく頑張った」

俺と瑠那の肩に分厚い手を置き、戸部さんはしみじみと言った。

これでもう井岡が俺たちの前に現れることは二度とない。安堵《あんど》が押し寄せ、じわりと涙が浮かんだ。

七月八日
ふいに目覚めると、辺りは薄暗かった。枕元の時計は午前四時。外からはざあざあと雨音が響き、茶の間からはテレビの音がかすかに聞こえてくる。

戸部さんは夜中にやるバラエティ番組が好きだ。寝ている俺たちを気遣って音量を小さくしてくれるのはいいのだけど、電源をつけっぱなしのまま二階へ上がってしまうこともたまにあった。

テレビだけではなく照明までついたままのようで、ふすまの隙間から明かりがもれていた。電気代がもったいないと思うが、消しにいくのも面倒だ。どうしようか迷っていると、雨音にまじって、うぅ、と戸部さんの寝言が聞こえた。テレビを観《み》ている間に眠りこみ、そのまま茶の間で夜を明かしてしまったのだろう。

まぁ、今日は日曜で仕事は休みだし、放っておいていいか。眠気に負けて目をつむると、また戸部さんの声が聞こえた。

うっ、ぐぅっ、ぐっ。

戸部さんはいびきや寝言が大きい。二階の片づけが終わってから、俺や瑠那は自室で寝るようになっていたけど、隣から響く戸部さんの声に起こされるのが嫌になり、すぐに一階に戻った。

しかし今聞こえたのは、寝言というよりうめき声のようだ。きっと畳の上だから寝苦しいのだろう。

やっぱり起こしてあげよう。起き上がってふすまを開けた俺は、照明のまぶしさに目をすがめた。仰向けに寝る戸部さんは金縛りに合っているのか、手足をぴくぴくと痙攣《けいれん》させている。

「戸部さん、起きて」

戸部さんは目を覚ますことなく、苦しげな声を上げ続ける。もう一度呼びかけようとしたその時、鼻先に沼のにおいが強く漂った。

かっ、は。

戸部さんのほうから、戸部さんの声とは別の、かすれたうめき声がした。

「――戸部さん！」

悲鳴のような俺の呼びかけに、戸部さんは「うおっ」と手をばたつかせながら飛び起きた。

のそりと身を起こした瑠那が目をしばたたかせ、遅れてお母さんも起き上がった。大哉だけが騒ぎに気づかず眠り込んでいる。

「……なんなの？」

「……悪い。寝ぼけた」

俺たちの視線に気づいた戸部さんは、気恥ずかしそうに頭をかいた。

人騒がせな。瑠那はそんなふうに肩をすくめると布団に寝転がった。お母さんも再び目を閉じる。

俺はふすまにすがりついて茶の間を見渡した。先ほどより弱まった雨の中、注意深く耳をすましても、かすれたうめき声はもう聞こえない。しかしすんすんと鼻を動かすと、普段より沼のにおいを強く感じた。

「ねぇ、瑠那。変だよ。沼のにおいがいつもより強いんだ」

体を揺すると、瑠那はうるさそうに俺の手を払った。

「窓を開けたままだからでしょ」

「あ……」

俺は開けっ放しの窓に目を向けた。ここ数日は夜になってもまだ蒸し暑く、寝る時は少しでも風通しを良くするため、窓も網戸も開けていた。

自分の間抜けさにあきれてしまう。雨に、開かれた窓。沼のにおいを強く感じる条件はそろっている。かすれた声は空耳か、風の音か。なんにせよ強い沼のにおいに引きずられ、無意識に恐怖心を膨らませていただけだ。

「ちゃんと布団で寝ないと駄目だな。怖い夢を見ちゃったよ」

立ち上がった戸部さんは、寝汗が浮かぶティーシャツの裾を引っ張った。すっかり気持ちに余裕のできた俺は、にやっと笑う。戸部さんでも夢に怯えることがあると思うと、おかしかった。

「どんな夢だったの？」

尋ねた直後、俺は自分の顔から血の気が引いていくのを自覚した。舌が強張り、呼吸がうまくできない。

戸部さんの首……、首に――。

「いや、まいったよ」

戸部さんは肩をすくめて笑った。

「誰かが俺の体にまたがって首を絞めるんだ。びっちゃりと濡れた手でさ」

戸部さんの首の両側……。そこに浮き上がった二つの赤みは、人の手のひらを写し取ったような形をしていた。

朝食を終えて外に出ると、雨は完全に上がっていた。雲間からかすかに差す光が、黒沼《くろぬま》の濁った水面《みなも》に反射する。

「ねぇ、危ないよ」

斜面の上からそう声をかけるが、瑠那はためらうことなく沼に近づいた。近くに立つ木の枝をポキリと折り、バシバシと無遠慮に水面を叩く。

「おーい、ぬまんぼ。出てこーい」

「やめなよ。危ないって」

朝になると、戸部さんの首の赤みはだいぶ薄れていた。鏡をのぞいた戸部さんに対し、俺がその赤みを指摘すると、戸部さんは「寝苦しくて引っかいちゃったかなー」と軽く首をさすった。

俺は戸部さんにぬまんぼを知っているかと尋ねた。しかし、この辺りの出身ではない戸部さんは、「ぬまんぼ?」と首を傾《かし》げた。

俺が今までに感じた奇妙な気配……音やにおいや感触、そういったすべては、ぬまんぼの伝説から連想した俺の勝手なイメージ、瑠那が言う通り、ストレスによって引き起こされる幻聴や幻覚と同じ類のものだと納得していた。

しかし、ぬまんぼを知らない戸部さんまでが、濡れた手の感触を語っている。この気味の悪い一致をただの偶然と思っていいのだろうか。

そんな疑念を話すと、瑠那は「ぬまんぼなんているわけないでしょ」と強く言い切り、俺を黒沼に連れ出した。

斜面を下りることもできない俺をよそに、すくりと立ち上がった瑠那は、さらに大胆な行動に出た。ポケットから赤い飴《あめ》を取り出すと、包みを剝がし取って沼に放り投げたのだ。

イチゴ味の飴玉は、ちゃぷんと小さな音を立てて沼に沈んだ。波紋が水面に広がっていく。

「瑠那、駄目だ！」

俺の静止を無視し、瑠那は手を四度叩いた。

「ぬまんぼさま、出てきてください。どうか亮介を連れて行ってください」

「やめろよ！」

声を裏返らせた俺を振り返り、瑠那は「あはは」と笑った。

「大丈夫だってば。ほら、なんともないでしょ？」

すでに静けさを取り戻した沼は、何事もなかったかのようにただ茶色い水を湛えている。

「ね？　ぬまんぼなんていないんだよ。亮介は気にしすぎ」

「でも……」

「しつこいなぁ。もう付き合っていられないよ」

面倒そうに言った瑠那が斜面を上がると、家から大哉が駆け寄ってきた。

「なにしてるの？　ダイもまざる」

「駄目。ダイはまぜなーい！」

俺に飴の包み紙を押しつけた瑠那は、大哉の背中を押して家に戻っていった。

俺は息をひそめて沼を見下ろす。

瑠那の馬鹿。よりによって俺の名前を出すだなんて……。

「おい、亮介」

振り返ると、戸部さんが庭に出ていた。手には木刀を持っている。俺は逃げるように黒沼から離れ、素振《すぶ》りを始めた戸部さんに近づいた。

戸部さんがいる生活へのとまどいが完全に消えたわけではなく、話すのにもまだ少し緊張する。けれど今は安心する気持ちのほうがはるかに大きい。軽々と木刀を振り上げる姿を見れば、得体の知れない化け物だってやっつけてくれそうな気がする。

「お前、中学校に上がったら剣道部に入れよ」

振り下ろされた木刀が、ひゅんと爽快に風を切った。

「えぇー、剣道って痛そうで嫌だな。俺はバスケを続けるよ」

「いや、お前は剣道をやるべきだ。その甘ったれた根性を鍛え直せ」

おどけて言った戸部さんは、俺に向かって木刀を振り下ろした。身をすくめた俺の頭のすれすれで、刀身はぴたりと止まる。

「持ってみろ」

渡された木刀は予想より重たかった。にぎり方を教えてもらい、振りかぶってみる。よろめいた俺の背を、戸部さんが「しっかりしろ」と叩いた。

「あれからどうだ？　例の上級生はいじめてこないか？」

この間の練習の時、田島君は俺に体当たりをしてきた。ディフェンスに熱中してぶつかっただけだと言っていたが、そんなの下手な言い訳だ。

けど、それを話したら戸部さんはまた怒るだろう。俺は「大丈夫。なにもされてないよ」とごまかした。


夕食の時間になった。二階からやってきた戸部さんが席に着き、みんなで「いただきます」と声をそろえる。

箸を取ると、ずきりと腕が痛んだ。朝の素振りの影響だ。指導に熱が入った戸部さんは、ああだこうだと俺に細かくアドバイスをし始め、終《しま》いには百回連続で素振りをするよう命じた。五十回ぐらいから腕を上げるのが辛《つら》くなってきたけど、情けないやつだと思われたくない一心でやり切った。

なんとか素振りを終えると、戸部さんは「よくやった」と俺の肩に手を回した。

「なかなか筋がいいぞ。木刀で素振り百回。これを朝夕の日課にしなさい」

やりたくはなかった。けれど「その木刀はお前に譲る。俺の思い出の品だぞ」とまで言われると、強くは拒めなかった。

「さっき、職場の先輩から電話がかかってきたんだ。来週の日曜にバーベキューをしないかって」

戸部さんはコロッケを口に運びながらそう言った。うちから車で三十分ぐらいのところに大きな公園があって、そこにバーベキューができる施設がある。職場の先輩が知人を集めてバーベキューをするらしく、一緒にどうかと誘われたらしい。

「いいなぁ。俺、バーベキューなんてしたことない。骨付きのでっかい肉、食べてみたいなぁ」

「俺だけじゃない。みんなで行くんだよ」

笑いながら言われ、俺は「本当に？」と上擦《うわず》った声を上げた。明け方の騒動から暗くなっていた気持ちに、ぱっと光が差したようだ。大哉もバーベキュー、バーベキューとはしゃぎだしたが、バーベキューの意味をちゃんと理解しているかは怪しい。

お母さんは心配そうに戸部さんを見た。

「私たちが行って平気なの？　みなさん、家族連れで来るんじゃない？」

「だからこそだよ。そんなところに俺一人で行くなんて、さみしいじゃないか」

「私は行かない」

瑠那がぼそりと言った。しかし戸部さんは瑠那の反抗をただの気後れと受け取ったらしく、朗らかな笑みを浮かべた。

「なんだ。子供が遠慮なんてしなくていい。どうせ俺たちだって、近いうちに家族になるんだから」

突然の言葉に、えっ、と瑠那が目を見開いた。たぶん俺も同じような顔をしている。しかしお母さんは驚きも困惑も見せず、戸部さんのコップに麦茶を注いでいた。

戸部さんは会話の流れに任せて勢いで言ったわけじゃない。もう二人の間で話はついているのだ。

「驚いただろ。でも、そういうことになったから」

笑顔を向けられ、俺と瑠那は黙りこくった。大哉は話を理解していない様子でひたすらコロッケを頬張っている。子供三人の反応は予想とだいぶ違ったらしく、戸部さんは困った顔になった。

「俺が父親になるのは嫌か」

「急な話だから、びっくりしているだけよ」

ね、とお母さんは俺たちを見た。お願い、と語りかけるような目。俺はこの目を拒むことができない。

「……うん、うれしいよ」

戸部さんは安心したようにうなずき、お母さんは戸部さん以上にほっとした。

わかっている。戸部さんは優しい人だ。井岡と違って俺たちを殴るようなことはしない。でも、それでも……。

算数の問題の解き方、外食に行く楽しみ、毎月のお小遣い、守られているという安心感、男同士の連帯感……。そういう様々なもの戸部さんから与えられる時、井岡と暮らしている時は一度も抱いたことのない罪悪感が、俺の胸をじわりと侵食する。

お父さん。声も顔もよく覚えていない。海に行ってキーホルダーを買ってもらった思い出が、薄ぼんやりと残っているだけ。でも、だからこそお父さんは俺の心の中の特別なところに居続けていた。つらい時、コインをにぎっていると、想像の中のお父さんが、かけてほしい言葉をかけてくれた。

お母さんと戸部さんが結婚すれば、それが変わる。これからは戸部さんが俺を励ましたり助けたりしてくれるんだ。父親として……。

戸部さんがお父さんになったら、俺の中のお父さんが薄れていってしまいそうな気がした。色褪《いろあ》せたキーホルダーだけでは、お父さんの形をつかまえきれない。

「なにも今日明日に籍を入れるっていう話じゃない。うちの実家にも話を通しておく必要があるしな。でも、年内にはちゃんとしたいと思っている」

「ねぇ、なんのお話をしてるの？」

不思議そうに周囲を見回す大哉に、戸部さんは笑顔を向けた。

「俺とお母さんが結婚するんだよ。俺がお前たちのお父さんになるんだ」

「駄目だよ。そしたらお父さんが二人になっちゃうもん。変だよ」

大哉は心底困ったように言った。戸部さんは、ははっ、と笑い声を立てて大哉の頭に手を置く。

「父親っていうのは、血のつながりだけでなるものじゃないんだよ」

井岡を指しての言葉であることはわかった。でも、なんだか自分とお父さんの関係まで否定されたような気がした。

「どういう意味?」

「いつかお前にもわかる」

戸部さんは大哉の頭をわしわしとなでた。

七月十五日
バーベキューには俺たち五人のほか、戸部さんの先輩である藤川《ふじかわ》さん家族が四人、藤川さんの弟さん夫婦、藤川さんの友達家族が二家族で五人の、合わせて十六人が集まった。藤川さんはバーベキューが趣味らしく、よく知り合いをたくさん誘っては、腕前を披露しているそうだ。
親たちが準備をしている間、子供たちは広場で遊んだ。俺と瑠那は、藤川さんの子供のアイナちゃんとショウマ君とバドミントンをした。小学六年生と二年生の姉弟だ。ほかの幼稚園以下の子たちはかけっこをしていたけど、大哉はお母さんにべったりとくっついて遊びに参加しなかった。知らない人が大勢いる状況に緊張し、人見知りをしているのだ。

緊張しているのは大哉だけでなく、お母さんもだ。周りの様子をちらちらうかがいながら、紙皿を並べたり、ゴミ袋の準備をしたりしているが、ほかのお母さんよりなんとなく手際が悪い。きっとお母さんも、バーベキューをするのは初めてなのだろう。

「そろそろ焼けるぞー」

親たちに呼ばれ、俺たちは遊びをやめて席についた。テーブルは大人と子供でわかれている。一番年下のコウタ君と大哉だけは、自分のお母さんの隣に座った。

俺は紙皿を持ってコンロの前に立つ戸部さんに近づいた。煙とともに、肉が焼けるおいしそうなにおいが漂ってくる。

「戸部さん、ソーセージちょうだい」

戸部さんは一番大きなソーセージを俺にくれた。席に戻ると、ショウマ君が不思議そうな顔で、「お父さんのこと、名字で呼んでるの？」と聞いてきた。

なんと言ったらいいかわからず、俺は「うん、まぁ」と言葉を濁した。しかし瑠那はきっぱりと言う。

「戸部さんは私たちの父親じゃないの。お母さんの彼氏」

戸部さんは肉を焼くのに集中しているし、隣のテーブルのお母さんはコウタ君のお母さんと話し込んでいる。二人に聞こえてはいないだろうけど、俺は少しひやっとした。

ショウマ君は、意味がわからないというような顔をした。小学二年生の男の子には、「お母さんの彼氏」という言葉がピンと来ないようだ。

「でも、結婚するんだよね。お父さんから聞いた」

訳知り顔で言ったアイナちゃんは、さらに続ける。

「子供が三人もいる人と結婚するなんてすごいって、お母さんが言ってたよ」

すごいって、なんだよ、それ。俺たちが厄介な荷物で、それを引き受けた戸部さんはえらいって意味？

そんなふうに聞き返せるわけはなく、俺は黙り込んだ。アイナちゃんは俺の反応を気に留めず、ジュースを取りに席を立つ。

「あの子、むかつく」

瑠那が俺の耳元でぼそりとつぶやいた。だよな、という意味を込めて俺はうなずく。今日は二人の結婚のことはひとまず忘れ、バーベキューを楽しもうと思っていたのに……。

隣のテーブルから笑い声が響いた。四歳のコウタ君が飲み物を配って回り、大人に「気が利くね」とほめられている。

「ダイヤくん、どうぞ」

コウタ君が大哉にジュースを差し出した。しかし大哉は受け取らず、母さんの腕にまとわりついていた。

藤川さんが三日間漬け込んだというスペアリブは絶品だった。三本目にかじりつきながらふと隣のテーブルを見ると、もじもじと体を揺する大哉が、救いを求めるようにお母さんを見上げた。

お喋《しゃべ》りに夢中なお母さんは、その視線に気づかない。事態を察知した俺が「お母さん！」と呼びかけた時にはもう遅かった。

「あれ、大哉君」

コウタ君のお母さんの慌てた様子に、お母さんはやっとなにが起こったか気づいた。

「えっ、嘘」

母さんは大哉を立たせた。ズボンの股の部分が濡れ、色が濃くなっている。

「なんだ、もらしたのか」

戸部さんの驚いた声に、大哉は首をすくめて泣き出した。

大哉のおもらしは久しぶりだ。このところは夜中でも、ちゃんと起きてトイレに行きたいと言えていたのに。俺たちがバーベキューに気を取られていたから、言い出せなかったのだろう。

「椅子、汚していないか？」

戸部さんは椅子の座面をのぞいた。縁のほうが少し濡れているようだ。

「申し訳ありません。弁償します」

戸部さんは椅子の持ち主である藤川さんに頭を下げた。お母さんは「すみません」と謝りながら、ウェットティッシュで懸命に椅子をふいた。

「ちょうど買い替えようと思っていたところだから、気にしないでよ」

藤川さんが笑って言うと、「もともと古いものですし」と、奥さんも笑った。

「着替え、持ってきましたか？」

コウタ君のお母さんに聞かれ、お母さんははっとしたように立ち上がった。

「車にあります。お食事中にすみませんでした」

周囲に頭を下げたお母さんは、泣きじゃくる大哉を引っ張り駐車場に向かった。

「実は俺もこの間、おもらししちゃったんですよね。酒の飲みすぎで、トイレに間に合わなくて」

場をなごませようとしたのだろう。藤川さんの弟さんがそう言い、みんながどっと笑った。おかげで俺も弟がおもらしをした気まずさから救われた。

しばらくするとお母さんと大哉が戻ってきた。赤い目をした大哉は、すっかりしょげている。

「椅子を汚したこと、ちゃんと謝りなさい」

戸部さんにきつく言われ、お母さんにしがみついた大哉はもごもご口を動かした。ごめんなさいと言ったようだけど、戸部さんには聞こえなかったらしい。「ほら、謝れ」と大哉の肩を強く押した。

「いいよ、いいよ。わざとやったんじゃないもんなぁ」

藤川さんが優しく言った。大人たちは、恥ずかしくないよ、大丈夫だよ、と落ちこむ大哉を次々になぐさめてくれた。

「これ、あげる」

自分のお母さんに促され、コウタ君は持っていた戦隊ヒーローのカードを一枚、大哉に譲ってくれた。おかげで大哉は少し気を取り直し、その後、食事は平穏に進んだ。

パンパンに膨れたお腹を抱え、戸部さんの車に乗り込む。行きの運転は戸部さんがしたけれど、戸部さんは軽くお酒を飲んだため、帰りはお母さんが運転することになった。

隣にはコウタくんのうちの車が止まっている。窓を開けてコウタ君と手を振り合っていると、お母さんが「お先に失礼します」と車を動かした。

車が駐車場を出ると、助手席に座る戸部さんがルームミラー越しに「大哉」と低く呼びかけた。

「どうしてトイレに行きたいって言えなかったんだ。お前より年下の子だってちゃんとできていたのに」

あからさまに不機嫌な口ぶりに車内の空気が強張った。「知らない人に囲まれて緊張しちゃったのよ」とお母さんがフォローを入れるが、戸部さんは追及を止めない。

「五歳にもなっておもらしなんて、みっともない。それに藤川さんにちゃんと謝らなかっただろう。そういうのは、すごく格好悪いことだぞ。恥をかかせるな」

「一応、謝ってはいたんだよ。声は小さかったけど……」

後ろの座席から瑠那が身を乗り出した。俺も「そうだよ」と援護する。

「ちゃんとごめんなさいって言ったんだ」

「聞こえなかったら意味ないだろう！」

怒声が響き渡る。びくりとしてコウタ君からもらったカードを落とした大哉の顔が、みるみるうちにゆがむ。

大哉が声を上げて泣き始めると、戸部さんはさらに大きな声を出した。

「泣いて済ませようとするんじゃない！」

泣いて済ませようとしているわけじゃない。怖くて、どうしたらいいかわからなくて、勝手に涙が出てくるんだ。でも、俺がそう口を挟めば余計に戸部さんは怒るだろう。

「大哉、ごめんなさいって謝れよ」

カードを拾い上げ、大哉の手に持たせる。こういう時、わぁわぁと泣くのは逆効果だ。ごめんなさいと謝って静かに縮こまるのが正解。しかし、大哉は泣き止んでくれなかった。

「うるさい！　置いていくぞ」

「ご、ごめんなさい」

大哉はしゃくり上げながら言った。必死に泣き声を抑えようとして、ひっ、ひっと苦しそうに肩を揺らす。

「そうだ。そういうふうに、ちゃんと言えばいいんだ」

さすがにかわいそうに感じたのか、戸部さんは少し声の調子を落とした。

大哉は嗚咽《おえつ》をもらし続けた。コウタ君からもらったカードは、小さな手の中でぐちゃぐちゃに折れ曲がっていた。

夕食は軽いものでいいと戸部さんが言ったので、お母さんはそばを茹《ゆ》でた。食事を終え、大哉が麦茶をおかわりしようとしたら、戸部さんは「駄目だ」とコップに手で蓋をした。

「夜に飲んでいいのはコップ一杯まで。そういうルールにしよう。大哉だって、もうおもらしはしたくないだろ？」

大哉はとまどったようにお母さんを見たが、お盆を持ったお母さんはその視線に気づかないまま――あるいは気づかないふりをして――、茶の間から出た。

どちらにしろ俺にはお母さんを責められない。こんな暑い時期に夜はコップ一杯の水だけで過ごすなんて、幼稚園児にはきつい。そう思うのに、うつむいて黙っているのだから。

俺がなにか言えば、戸部さんはもっと怒るだろう。それがわかっているから、瑠那も口をつぐんでいる。

誰からも助けてもらえない大哉は、小さくうなずくしかなかった。

「いい子だ」

戸部さんに笑いかけられ、大哉も笑い返す。弟がこんなふうにぎこちなく笑うのを、俺は初めて見た。

七月十六日
午後六時。部活を終えて家に帰ると、直後に戸部さんも帰ってきた。配達が普段よりも少なく、早めに仕事が終わったそうだ。

「いくつか新しいルールを考えたんだ」

茶の間に腰を落ち着けた戸部さんは、俺たちを呼び寄せてそう言った。

「まず、瑠那と亮介。宿題は必ず夕食前に終わらせること。テストでは必ず九十点以上取ること。取れなかったら、その月の小遣いはなしだ」

ええ、と俺が不満の声をもらすと、戸部さんは「嫌なら勉強を頑張るんだな」と笑った。

「それから平日でも休日でも、夜の十時までには寝て、七時までには起きること。もちろん、これは大哉もだぞ」

さらに戸部さんは、男は体も心も強くなければいけないと言って、俺に朝と夕の素振りを二百回に増やすよう求め、瑠那には家事の手伝いをするよう言った。

「そういうこと、女の子ならちゃんとやっておかないとな」

「手伝いならもうやってるよ。洗濯物はたたむし、洗い物だってしてる。お風呂の準備だって、私が毎日やってるじゃん」

瑠那の反論に戸部さんは眉を上げた。

「もっと増やせってことだよ。女同士なんだ。しっかりお母さんを助けてやれ。それから大哉」

びしりと指差され、大哉は身を固くした。

「お前はひらがなの練習をしなさい。毎日、五十音を五回ずつ書き写すこと。コウタ君のお母さんが言っていただろ。コウタ君は自分の名前を書けるようになったって。年中の子にできるんだから、年長のお前にできないはずがない。しっかり頑張れよ」

期待をかけられていると感じたらしく、大哉は生真面目な顔でうなずいた。

「あとは、箸がちゃんと使えるように練習しないとな。それから出したおもちゃは必ず片づけること。お前、いつもしっかりお片づけをしないだろ」

戸部さんは畳に落ちていた青いクレヨンを拾い上ると、テーブルに転がした。

「次に出しっぱなしにしていたら、そのおもちゃは容赦なく捨てるからな」

小学校でも先生がよく言っている。勉強しなさい、体を動かしなさい、生活習慣を整えなさい、家の手伝いをしなさいって。戸部さんはただ、やるべきことをやれと言っているだけだ。

バスケ部のやつらだってよく「お父さん」に対する愚痴をこぼしている。宿題をやれってうるさい。言い返したら口答えするなって怒る。約束を破ったら、罰としてゲームを没収された。「お父さん」というのは、それが普通なのだ。

戸部さんがあれこれ言うのは、べつにおかしなことじゃない。だって戸部さんは、俺たちの父親になるつもりなのだから。

……だから瑠那、やめてくれよ。

イライラとうなじをかき始めた瑠那に、俺は心の中で念じた。お前のその癖を見ると、こっちまで嫌な気分になる。不安になるんだ。

「これはお前たちのためのルールなんだぞ」

戸部さんが俺たち向けるまなざしは、真剣そのものだ。

「お前たちが将来、まともな大人になるためのルールなんだ」

七月十九日

夕方。素振りを終えた俺は、窓辺に立つ戸部《とべ》さんの姿にどきりとした。帰ってきているとは思わなかった。

「いいぞ。様になってる」

笑いかけられてほっとする。数を十回ほどごまかしたことは、ばれていないようだ。

俺は「おかえりなさい」とこめかみに垂れる汗をふいた。

「宿題は？」

「もう終わったよ。今日は職員会議があるから、部活が休みだったんだ」

和室に上がり、木刀を横にして壁際に置く。前に木刀を壁に立てかけたら、切っ先を地につけてはいけないと叱られた。木刀は刀と同じで武士の魂だから、粗末に扱ってはいけないそうだ。

台所から醤油《しょうゆ》の香ばしいにおいが漂い、「これは千切りにするの？」と瑠那《るな》がお母さんに聞く声がした。戸部さんにもっと家事を手伝えと言われてから、瑠那は夕食作りをお母さんと一緒にするようになった。

さすがの瑠那も料理中のお母さんに文句をつける気はないらしく、台所にいる時の二人の雰囲気はわりと穏やかだ。瑠那の手伝いが増えたので助かると、お母さんは言っていた。

「じゃあ大哉《だいや》、今日のぶんを見せてみろ」

茶の間に入った戸部さんは、テレビを観ていた大哉の肩を軽く叩《たた》いた。大哉は茶箪笥《ちゃだんす》からひらがなの練習帳を取り出すと、緊張の面持ちで戸部さんの前に広げてみせた。

「おぉ、もうこんなに書けるようになったのか。お前は覚えが早いな」

うん、と大哉ははにかんだ。戸部さんの横から練習帳をのぞき込んでみると、形のゆがんだ、けれど懸命に書かれたのが見て取れる字が並んでいた。

「自分の名前、書けるようになったよ。見ててね」

得意げに言った大哉は、練習帳に「だいや」と書いてみせた。決してうまいとは言えない字だが、戸部さんは「すごいぞ」と大哉の頭をわしゃわしゃとなでた。

「な、俺の言った通りだろ。なんでも努力するのが大事なんだ」

やっぱり戸部さんは優しい人だ。厳しい顔を見せたとしても、それは俺たちのためを思ってのことだ。

「あぁ、でも『や』がおかしいな。これじゃあ『か』に見えるぞ」

戸部さんは大哉に『や』と書くよう言った。大哉は真剣な顔で鉛筆を動かすが、書いた字はやはり『や』ではなく『か』に見えてしまう。カーブを書くのが難しいようだ。

「やっぱり違うな」

首をひねった戸部さんは、後ろから大哉を抱え込み、大哉の手ごと鉛筆をにぎった。

「行くぞ」

戸部さんは大哉の手を動かし、練習帳に『や』と書いた。顎髭《あごひげ》が頭に触れるのがくすぐったいのか、大哉はくすくすと笑う。

まるで本物の親子のような姿……。俺は無意識のうち、そこに自分とお父さんの姿を重ねていた。

しかし、ぼんやりとしたお父さんのイメージは、すぐに形を失い消え去った。

「ちゃんと片づけるって約束は、もう忘れたのか！」

怒声が響いたのは、俺と瑠那が二階の部屋で漫画を読んでいる時だった。慌てて一階に下りると、お母さんが強張った顔で茶の間をのぞいていた。

「出しっぱなしのおもちゃを見つけたら捨てるって、この間言ったばかりだろ。これはもういらないってことか？」

風呂上り姿の戸部さんは、クレヨンをにぎりしめる大哉の目の前に、ウルトラナイトのフィギュアを突きつけた。テーブルには落書き帳が広がっている。大哉はフィギュアを片づけないまま、お絵描きを始めてしまったようだ。

「ゴミなんだな？　捨てていいんだな？」

「ゴミじゃない……」

大哉は消え入りそうな声で言った。フンと鼻を鳴らした戸部さんは、ゴミ箱にウルトラナイトを突っ込んだ。

「駄目！」

大哉はゴミ箱に飛びついたが、すぐに戸部さんに襟首をつかまれ引き離された。

「駄目じゃない。こういうルールにするって決めただろう」

戸部さんはゴミ袋をきつく縛った。耐え切れず泣きだした大哉に、お母さんが近寄る。

「ダイちゃん、大丈夫だから」

お母さんは大哉の背中をなでながら戸部さんを見上げた。

「次から気をつけさせるから、今回は許してあげて」

「子供を甘やかすな！　お前がろくなしつけをしないから、大哉がこんなグズなんだろ」

ゴミ袋を足元に叩きつけられ、お母さんの肩がびくりと揺れた。

「厳しくしないと、また同じことを繰り返すぞ！　俺はなぁ、一度決めたことを守らないやつは大嫌いなんだよ！」

戸部さんの怒りは鎮まらない。

大哉がしゃくり上げる中、俺も瑠那もただうつむき、嵐が過ぎてゆくのを待った。

心臓が嫌なふうにどきどきとして、夜中になっても眠れなかった。布団の上で寝返りを打った俺は、泣き疲れてぐったりと眠る大哉の横顔を見た。

大哉は戸部さんに何度も謝った。けれど許してはもらえず、しまいにはしつこいと怒られ、また大泣きした。

茶の間からテレビの音がかすかに聞こえる。タレントがジョークを飛ばすと、戸部さんが小さな笑い声を立てた。

ふとお母さんが布団から体を起こした。立ち上がって茶の間に入ると、音を立てずにふすまを閉める。

戸部さんがお母さんに話しかけた。最初は声を抑えていたけど、次第に声量は大きくなっていき、話している内容が聞き取れた。

「大哉はのろまだし、瑠那は反抗的だ。子供たちがこの状態のままなら、うちの実家に挨拶に行くなんて無理だぞ。三人も連れ子がいるってだけでも、うちの親は良い顔をしていないんだから」

ごめんなさい、とお母さんは小さな声で謝った。お母さんも、嵐が治まるのをただ待つことを選んだ。

「俺はな、駄目なことは駄目だと叱って、その結果、あいつらに嫌われるのなら、それはしかたがないと思っている。俺は、あいつらをまともな大人にしてやりたいんだよ。特に大哉は注意して育てていかないと。ろくでもない男の血を引いてるんだ。好き勝手にさせたままだと、父親みたいなクズになってしまうぞ」

そんなわけない。俺はブランケットの端をにぎり、飛び出そうになる言葉をのみ込んだ。大哉は井岡とは全然違う。あんなふうな大人には絶対にならない。血のつながりなんて、それこそ関係ない。

「そうね。もっと気をつけます」

沈んだ声音に、体から力が抜けていくような気がした。

お母さんが言い返さないのは、否定したところで戸部さんが余計に機嫌を悪くするだけだからだ。それが正しい選択であることは、俺にもわかる。

けれど、それでもお母さんには「そんなわけない」と言ってほしかった。

七月二十日
焼きすぎたトーストはボソボソしていた。俺は牛乳を飲み、喉に張りついたパンくずを流しこむ。
朝の食卓はまだ昨夜の雰囲気を引きずっていた。息苦しい空気の中、みんな黙々と食事に集中しているふりをする。腫れぼったい目をした大哉は、精魂尽き果てたかのようにぼうっとしていた。
「それじゃあ行ってくる」

朝食を終えた戸部さんは、大哉の頭をポンと叩いて立ち上がった。大哉は期待した顔になったが、戸部さんが台所に行き、フィギュアの入ったゴミ袋を持って玄関に向かう姿に肩を落とした。戸部さんはどうあってもルールを曲げるつもりはないらしい。いってきます、と袋を持ったまま家を出た。

「ソーセージ、おかわりする？」

お母さんが尋ねたが、大哉はいらないと答えた。ソーセージは大哉の大好物なのに。

「ほんと、むかつく」

瑠那がイライラとうなじをかいた。

「お前たちのためだって言うけど、結局、私たちが自分の思い通りにならないのが気に食わなくてキレてるんだよ。あいつと同じ」

吐き捨てるように言った瑠那に、お母さんは「やめなさい」とため息をついた。

「厳しいところもあるけど、戸部さんなりに良いお父さんになろうと必死なのよ」

「お父さんになんて、なってほしくない」

「あのね……」

お母さんはとっておきの秘密を語る時のように声をひそめると、俺たちの顔をゆっくり見回した。

「戸部さんはこの家を壊して、新しい家を建てようって言ってくれているのよ」

予想もしなかった言葉に、俺と瑠那は同時に「えっ」と声を上げた。

「あなたたちの部屋もちゃんと作ってくれるって言っていた。周りの林の土地も買って、沼をつぶして広い庭にしようって。あなたたちは、お父さんとお母さんがそろった、きれいなお家で暮らせるようになるの」

そう語るお母さんは、夢見るようにぼんやりと目を細めた。

新しくきれいな家、自分だけの部屋、広い庭、お父さんとお母さんがそろっている暮らし……。それはきっと、子供のころのお母さんが夢に描いていたものなのだろう。

「少し我慢をしていれば、そういう生活ができるようになるの。大哉だってもう少し大きくなって、ちゃんと戸部さんの言うことを守れるようになったら、怒られることもなくなるから。ね？」

「おうちが新しくなるの？ 庭にブランコ、置いてくれる？」

大哉の言葉にお母さんは微笑《ほほえ》む。

「ダイちゃんがお利口さんにしていたら、きっとね」

登校班の集合場所に向かう途中、瑠那は地区のゴミ収集所の小屋の前で足を止めた。

説明されなくても、なにをするつもりかわかった。小屋に入った俺たちは、戸部さんが捨てたゴミ袋を探す。

「あった！」

俺は小屋の外にうちのゴミ袋を引っぱり出した。結び目を解《ほど》き、一番上にあったビニール袋を取り出すと、その中にウルトラナイトが入っていた。

フィギュアを取り出し、ほっと息をついた俺は、「でもさ」と瑠那を見た。

「これ、大哉に返すのはやばいんじゃない？」

フィギュアを拾ってきたのがばれたら、戸部さんは激怒するだろう。言い聞かせたところで大哉が隠し持っていられるとも思えない。

「うん、だからすぐには返さない。大哉がもう少し大きくなって、隠しごとができるようになったら渡す。そのころには、ウルトラナイトに飽きているかもしれないけどね」

瑠那は俺からフィギュアを取り上げると、くっついていた埃《ほこり》を落として自分のランドセルにしまった。

すぐに返してやれないのはかわいそうだが、捨てられるよりはマシだと思うしかない。

ゴミ袋を小屋に戻した俺たちは、並んで歩きだした。

「……新しい家だって。びっくりだよね」

そう水を向けると、瑠那は肩をすくめた。その顔に少しも喜びが浮かんでいないことに俺は気まずさを感じる。

新しい家。お母さんから話を聞いた直後は、まだ実感がわかなかった。でもこうして住宅街を歩き、まだ真新しそうな家を横目でみると、じわじわと気持ちが高ぶってくる。

「うれしいの？」

責めるように問われ、一瞬口ごもったものの、「まぁね」と答える。

「だって新築だよ？　エアコンだってつくだろうし、シャワーも使えるようになる。それにさ、瑠那だって前に言ってたじゃん。今の家は古くて恥ずかしから、友だちを呼べないって。新築なら堂々と誘えるだろ」

そして黒沼……。あの不吉な沼をつぶせば、もうぬまんぼの気配を感じることもなくなるだろう。

どうせ全部が気のせい、勘違いに決まっている。六十年前の工事の時、ぬまんぼの祟《たた》りを恐れたのなら、むしろすべてを埋め立ててしまうべきだった。

沼が完全になくなっていれば、ぬまんぼの伝承も恐怖も風化していたはずだ。地元の人たちにも忘れ去られ、子供に語り継がれもせず、俺の耳に届きもしなかった。――あんな沼、全部埋めてしまえばいいんだ。

「戸部さんもさ、ウルトラナイトを捨てたのはやり過ぎだとは思う。でも、元は大哉がルールを破って片づけをしなかったのが悪いんだ」

なにも殴られたわけじゃない。俺たちが井岡にされたことに比べたら、ずっとずっとマシだ。

「大哉だって、庭にブランコを置いてもらうって張り切っていたじゃん。あいつだって、なんだかんだで戸部さんに懐いているんだよ」

ペラペラと口が回った。ランドセルの横でぶらぶらと揺れるコインが、いつもより重たいような気がした。

違うよ、お父さん。お父さんのことを忘れるわけじゃない。俺はただ、ただ……。

「今度は家で買収されるんだ」

突き放すような瑠那の口調に、俺はこぶしをにぎりしめた。

そこまで許されないことだろうか。他の子が当たり前に持っているものを、自分も望むのは。

「瑠那は戸部さんのこと、悪く思い過ぎだよ。いいところもたくさんあるじゃん」

井岡を追い払った時の頼もしい姿。昨日、大哉に字の書き方を教えていた時の優しい表情。戸部さんはただ怖いだけの人では決してない。

「自分が気に入られているからって、肩を持たないでよ」

俺はぎくりとして立ち止まった。昨夜の戸部さんとお母さんの会話を、瑠那も聞いていたのだ。

大哉はのろまだし、瑠那は反抗的だ。実のところ俺は、戸部さんがもらした不満の中に、自分の名前がないことに安堵し、姉弟に対してほんの少し優越感を抱いていた。

歩調を速めた瑠那は俺を置き去りにした。その背中を追う俺の足取りは、鉛をくくられたかのように重かった。

七月二十一日

土曜日の午前中、バスケ部の練習に参加していると、急に大雨が降り出した。雨の勢いはすぐに弱まったものの完全に止むことはなく、練習場所の半分をサッカー部に貸すことになった。

そのせいでいつもは練習の最後に行う模擬試合ができなかった。残念だったけど、今日は田島君が練習に来なかったので、よしとする。

練習は昼前に終わった。家に帰ると、瑠那とお母さんが出かけるところだった。八月の初旬に行われるキャンプの事前説明会に出席するため、二人で公民館へ行くのだ。

「昼ご飯、焼きそばを作っておいたから。大哉にはもう、食べさせてある」

お母さんはそう言って瑠那と出ていった。

大哉は和室でブロック遊びをしていた。テレビを観ながら焼きそばを食べようとすると、テーブルの上に置かれたままの落書き帳とクレヨンが目に入った。

懲りない弟にいら立ちを感じる。あれだけ叱られたのに、また片づけを忘れるなんて。

「大哉！」

俺は和室を振り返った。戸部さんが怒る姿は見たくないし、大哉が泣く姿を見るのはもっと嫌だ。

「使わないなら落書き帳はしまえよ。戸部さんに捨てられるぞ」

あ、と慌てた声を上げた大哉は、手に持ったブロックと落書き帳を見比べた。どちらで遊ぶか迷った結果、「やっぱりお絵かきをする」と、ブロックを片づけ茶の間にやってくる。

大哉は俺の隣に座ると、落書き帳を開いて黒いクレヨンを手に取った。

コマーシャルに入り、俺は空になった皿を台所へ持っていく。茶の間に戻ってもまだ番組が始まっていなかったので、退屈しのぎに大哉が描く絵を眺める。

どうやら人を描こうとしているらしい。大きな丸の中に目となる黒い丸が二つ並び、その下に鼻となる縦棒、口となる横長の楕円《だえん》が描き足された。

「これ、お母さん？」

大哉が描く人といえば、第一がお母さんで、第二が自分自身、第三が俺か瑠那だ。

「ううん。これはねぇ、しろぽんだよ」

大哉は顔の下に胴体らしき楕円を描くと、そこに手足を描き足していった。

しろぽんってなんだ？　考え込んだ俺は、それが大哉の想像上の友達の名前であることを思い出した。

「あー、しろぽんな。顔が白くて……お喋りができないんだっけ？」

「うん。今日、一緒に遊んだんだ。すぐに帰っちゃったけど」

「しろぽんって、こういう感じなんだ。俺、もっとモンスターっぽい見た目なんだと思ってた」

大哉の友達はみんな、羽が生えていたり長い耳が生えていたりと、人間離れした姿だ。だがこの絵からすると、しろぽんは人に近い姿をしているようだ。

「しろぽんはモンスターじゃないよ。男の人だよ」

言いながら大哉はしろぽんの足元にいびつな円を描いた。

「この丸はなに?」

あれ、と大哉は黒沼をクレヨンで示した。

「しろぽんはね、いつもあの沼から出てくるんだよ」

そうだ。しろぽんは沼の国に住んでいるという設定だった。大哉はぐるぐるとクレヨンを回し、沼を黒く塗りつぶしていく。

コマーシャルが終わり、番組が再開した。テレビに視線を戻すと、大哉が言った。

「だからねぇ、しろぽんは沼とおんなじにおいがするんだよ」

「えっ……」

再び目を向けると、大哉は一心にクレヨンを動かしていた。ぐるぐるぐる……。

しろぽんは沼に住んでいる。だから沼のにおいがする。そういうふうに連想をするのはべつにおかしなことではなく、むしろちゃんと筋が通っている。五歳児の頭で考えたとは思えないほどに……。

一面を塗りつぶされた沼は黒光りしていた。満足げに鼻を鳴らした大哉は、今度は赤いクレヨンを手に取ると、しろぽんの左足の上部を塗り始めた。

まるで血を流しているようだ。

「それ、血？　しろぽんは足を怪我《けが》してるの？」

「そうだよ。だから歩く時、足を引きずっていて大変そうなんだ」

ずっ、ずっ、ずっ、と、大雨の中で聞いた奇妙な音が思い出された。なにかがすれるような……あるいはなにかを引きずるような、あの音。

急に喉の渇きを感じた。こくりと唾をのみ、しろぽんの絵を指差す。

「……しろぽんは、ぜぇぜぇ、って変なふうに息をする？」

うん、と答えた大哉は、頭と胴の境目を赤く塗り出した。

「首も怪我しているんだよ。だからうまく息ができないし、お喋りもできないの。あー、でも、お喋りできないのは風邪のせいかも」

「風邪？」

「しろぽんって、いつもびちゃびちゃに濡れているから。お風邪を引いて、喉がイガイガになっちゃったんじゃないかな」

ひやりと背筋を冷たいものが走った。これは本当に大哉の空想の話なのだろうか。

「しろぽんは濡れているの？」

「うん、だって沼に住んでいるんだもん」

当然のように言った大哉は、さらにこう続けた。

「だからしろぽんのおててはいつも冷たいの」

俺は大哉の肩をつかんだ。

「冷たいって……お前、しろぽんに触られたのか？　いつ？」

「いつもだよ。初めて会った時は、ほっぺをむぎゅってされたし、この前会った時は、背中をくすぐられたし……」

「それだけか？　手のひらを引っかかれたり、く、首を絞められたりしなかったか？」

声を裏返らせた俺の問いに、大哉はくすくすと笑い声を立てた。

「しろぽんはお友達だもん。そんないじわるしないよ。あのね、しろぽんは今日ね、ダイに字の書き方を教えてくれたんだよ」

落書き帳のページをめくった大哉は、「ほら」と胸を張った。そこに書かれていた文字に、全身がぞわりと粟立《あわだ》つ。

だ　い　や　こ　ろ

二ページに渡って大きく書かれたその字は、大哉の筆跡とはまるで違った。大哉が書く文字はもっとバランスが悪くて、もっとゆがんでいる。こんな一目で読み取れるような整った字は、絶対に書けない。

俺が初めてこの家に来た日、和室で遊んでいた大哉は、しろぽんを招き入れるようなことを言い、俺と瑠那を紹介するみたいにふるまった。

あの時、本当にしろぽんは……ぬまんぼは、そこいたのだ。

勘違いだとか、気のせいだとか、もうそんなふうに自分を納得させることはできない。

しろぽんは、ぬまんぼだ。ぬまんぼは伝説の中にだけいるのではない。本当に存在する。俺を追いかけ、戸部さんの首を絞めるより前から、大哉と接触をしていた。なぜか大哉だけには、透明だと言われるぬまんぼの姿が見えている。

「し、しろぽんがこれを書いたのか？」

「違うよ。二人で一緒に書いたの。この間、戸部さんがしたみたいに、しろぽんがダイの手を動かしたんだよ」

大哉は不満げなため息をついた。

「でもこれを書いてる時、しろぽんは急にいなくなっちゃったの。しろぽんっていつもそう。バイバイも言わないで突然、消えちゃうんだよ」

「友達じゃない！」

びくりと大哉が身をすくませた。俺は再び弟の両肩をつかみ、その顔を真っ向からのぞき込んだ。

「友達のふりをしているだけなんだ。あいつは大哉のこと……」

だ　い　や　こ　ろ、の後に続く文字なんて、一つしか浮かばない。

「大哉のこと……さ、攫《さら》おうとしているんだから……」

「……そうなの？」

俺の必死さが伝わったのか、大哉は深刻な顔をした。

「本当だ。しろぽんは怖い化け物なんだ。大哉を沼の国へ連れて行こうとしているんだよ。攫われたら、もう二度とお母さんにも俺たちにも会えない。そんなの嫌だろ？」

「嫌だ！」

「だったらしろぽんが遊びに来ても、絶対に相手をしちゃ駄目だ。家に入れてもいけない。すぐ家族のそばに行って、しろぽんが来たって教えるんだ」

「ダイ、しろぽんとはもう遊ばないよ。絶対遊ばない」

怯える大哉を残し、俺は急いで家中の窓の鍵をかけて回った。戸締りで得体の知れない化け物の侵入を防げるかは疑問だが、やらないよりはマシだ。茶の間の窓の壊れた鍵は、一刻も早く修理してもらわないと……。

ぬまんぼはきっと、沼のそばに住む俺たちが気に食わないのだ。だから俺たちを脅して家をから追い出そうとした。

でも、俺たちは出て行かず、それどころか沼を埋め立てるとまで言い出した。怒り狂ったぬまんぼは、一番弱い大哉に狙いを定めた。

――だいやころす。

ぬまんぼはそう書こうとした。沼を埋めるつもりなら容赦はしないと、俺たちに警告している。

沼を埋めてはいけない。家を建ててはいけない。この家から早く逃げ出さないと……。

お母さんと瑠那が帰ってくると、俺は落書き帳を二人に見せ、大哉がぬまんぼに狙われていると説明した。

お母さんは最初は半笑いで話を聞いていた。しかしその表情は次第に困惑に変わり、俺が「戸部さんに沼を埋めないように言おう」と勢い込んで言うと、ついには怒り出した。

「いい加減にしなさい！　せっかく戸部さんが家を建ててくれるっていうのに、一体なにが不満なの？　こんな手の込んだことまでして」

お母さんはテーブルに広げた落書き帳を叩いた。字を書いたのが俺だと思っているのだ。

「違う！　俺じゃなくて、しろぽんが書いたんだ。なぁ、大哉？」

大哉がこくこくとうなずくと、お母さんは「大哉まで巻き込んで」とさらに顔を険しくした。

「お母さん、すごくがっかりしてる。亮介はお母さんの味方だと思っていた。戸部さんのこと、ちゃんと受け入れてくれていると思っていたのに……」

「そういうことじゃない！　なんで信じてくれないんだよ！」

瑠那と目が合った。不安げに眉根を寄せているが、その不安はぬまんぼではなく、俺に向けたものだった。弟の頭がいよいよおかしくなったと思っているらしい。

二人はぬまんぼに襲われたことがない。あの息遣いやにおいを実際に感じていない。だから信じられないんだ。——それじゃあ、戸部さんだったら？

お母さんが俺の肩をがしりとつかんだ。

「今みたいな話、戸部さんには絶対にしないで。話したらどうなるか……わかるでしょ？」

真剣な声音で言われ、俺は唇を引き結んだ。

こんなおかしな話、戸部さんが信じるわけない。自分に対する反抗心で作り話をしていると考え、怒るだけだ。沼の埋め立てを考え直すことはありえない。

ならば、どうする？　答えが見つけられないまま時間は過ぎ、戸部さんが帰宅した。

俺はなにも言えなかった。大人たちにぬまんぼの存在を信じてもらうのは、到底不可能な気がした。

真夜中。瑠那やお母さんの反対を押し切って窓を閉めたせいで、和室には熱気がこもっていた。

家族の寝苦しそうないびきを聞きながら、俺は布団の上で何度も寝返りを打った。目を閉じても開けても、大哉が描いたぬまんぼの絵が浮かんでくる。人のような形をした、しかし人ではありえない化け物の姿が。

戸部さんとお母さんは、十月の戸部さんの誕生日に合わせて籍を入れるつもりだ。戸部さんは本気で家を建て直す気らしく、もういくつかの工務店から資料を取り寄せていると夕食の時に語っていた。

どうすれば信じてもらえるのか。どうすれば沼の埋め立てを止められるのか。考えてもなにも思いつかず、漂うかすかな沼のにおいが、不安と焦りをより煽《あお》り立てた。

布団から体を起こし、壁際に置いたランドセルに近づく。金具からキーホルダーを取り外してコインをにぎりしめても、不安は少しもやわらがなかった。

二〇一九年
二月二十六日

　十二年前、児童養護施設に入った当初、母は頻繁に俺たちに会いにきた。

　必ずまた一緒に暮らせるようになるから。お母さん、しっかり頑張るから。来るたびにそう言って涙を目に溜《た》める母を瑠那はなじり、そのうち面会を完全に拒むようになった。

「わかってるよね？　お母さんに会いたいと思うなんて、大哉に対する裏切りだよ」

　俺が母と会わなくなったのは、瑠那にそう言われたからではない。俺自身がそうだと考えたからだ。

　子供たちに拒まれても母は施設を訪れ続けた。しかしその頻度は二か月、三か月、半年と次第に間が空くようになり、俺が中学を卒業する前には完全に途切れていた。

　決して母が心配だったわけではない。ただ少し……少し様子を見ようと思っただけだ。およそ四年前、十八歳を過ぎて児童養護施設を退所したその日、俺は母が暮らす曾祖母の家を訪れた。

　家の前には母の車が止まっていた。しかし運転席から出てきたのは、タバコをくわえた見知らぬ中年の男だった。

　コンビニの袋を持った男はタバコの火を消すことなく家に入っていった。玄関の扉が閉ざされる直前、「おかえりなさい」という母の声が聞こえた。

施設を訪ねてこなくなった理由はこれか。俺は急き立《せ》てられるようにその場から立ち去った。

今、再び訪れた曾祖母《そうそぼ》の家の前に母の車はない。四年前にはまだ残っていた隣のあばら家は、真新しい家に生まれ変わっている。

しみのない白い壁に並ばれ、あのころよりいっそうに古びた曾祖母の家を見ても、郷愁は少しもわき起こらなかった。俺がここで過ごしたのはたった四か月ほどだ。愛着を抱くより先にあの悲劇が起き、この家は我が家と呼ぶこともためらわれる場所になった。

母は不在らしく玄関の扉には鍵がかかっていた。所在なく首を巡らせたその時、ふと異臭が鼻をついた。

下水のようなにおいに、ある記憶が呼び起こされる。

家の裏に回ると、狭い庭の端は斜面になっていて、斜面の下には小さな沼があった。枯れた草に取り囲まれたいびつな楕円が、澱《よど》んだ水を溜めている。

引っ越して来たばかりのころ、近所の子からこの沼には化け物が棲《す》みついていると聞かされた。人を引きずり込むだとか、お供えものをすると嫌いな人を連れ去ってくれるだとか、そんな子供騙《だま》しの言い伝えとともに。

化け物には呼び名があったはずだが思い出せない。俺は沼に背を向け、カーテンが開いたままの茶の間の窓に近づいた。

俺たちが暮らしていた時、壁際に置かれていた茶箪笥はなくなっていた。食卓にしていた長方形のテーブルも、安っぽいミニテーブルに変わっている。

だが、ゆがんだ鍵は未だに修理されていないようで、窓はきしんだ音を立てながらも開いた。直後、表に車を止める音が聞こえた。

俺は息をひそめ、ズボンのポケットに手をやる。

玄関の扉が開かれ、足音が近づいてくる。やがて、茶の間の戸を開けたのは、母だった。うつむきながら部屋に入った母は最初、庭に立つ来訪者の存在に気づかなかった。しかし窓から吹き込む冷たい風にふと顔を上げると、驚愕《きょうがく》に目を見開く。

母は悲鳴を上げかけたが、はっとした様子で口に手を当てると、俺の顔をまじまじと見つめた。

「……亮介?」

数年ぶりに息子を目にした母の顔に、不安が広がっていく。

「亮介、なんで……」

「なんでだよ」

重ねるように尋ねる。

——またあいつと暮らしているの。

ファミレスで聞いた瑠那の声が、耳鳴りのように離れない。

「なんでそんなことができるんだ?」

俺がなにを言っているのか、母すぐに悟った。「だって」と口ごもり、うろうろと視線をさまよわせる。

「一人で生活していくのは、いろいろ大変なの。だから……」

だから中年の男と暮らし、その男と別れたら、今度はあいつと暮らすというのか。よりによって、あの男と——。

「あいつは大哉を殺したんだぞ!」

忘れようとして飲めない酒に頼った。けれど、どうしたって忘れられない。幼い子供の姿を見かけるたび、無邪気な笑い声や泣き声を聞くたび、あの時の光景が眼前によみがえり、大声でわめいてしまいそうになる。

なにかを拒むようにぎゅっと目をつむった母は、自分の体を抱きしめるようにした。

「この先ずっと、一人で生きていけっていうの? そんなの無理よ。耐えられない」

うなだれた弱弱しいその姿……。母は昔から、自分の弱さを隠そうとはしなかった。早く大きくなってこの人を守ってあげたいと、子供だった俺はそう思っていた。今はその弱さがただ憎い。

「お腹を痛めて生んだあなたたちでさえ、私を捨てた。そばにいてくれるっていう人にすがるのは、しかたないじゃない」

ふいに玄関の扉が開く音が聞こえた。母が声を上げる前に、俺はズボンのポケットから
ナイフを取り出した。
鋼の無機質なきらめきに、母は言葉を失った。

Ⅳ

〈二〇〇七年〉

七月二十二日

　ほとんど眠れるまま夜が明けた。

　朝の日課の素振《すぶ》りの最中、俺はずっと黒沼《くろぬま》から視線を逸《そ》らせなかった。目を離したその瞬間、ぬまんぼが濁った水面《みなも》から飛び出し、襲いかかってくるような気がした。

　素振りを終えて和室に入ると、大哉《だいや》はまだタオルケットにくるまって眠っていた。茶の間では瑠那《るな》とお母さんがテーブルに朝食を並べている。

「大哉、もうすぐ七時だぞ」

　声をかけても起きる気配がなかったので、俺は木刀を壁際に置き、大哉の体を揺すった。

「早く起きないと、戸部《とべ》さんに叱られるぞ」

　お母さんも茶の間から声をかけたが、大哉はタオルケットから出ようとしなかった。戸部さんが階段を下りる足音が聞こえ、俺は「おい」とさらに強く大哉の体を揺さぶった。

　休日でも朝七時には起きていることがルールだ。こんな姿を見たら、戸部さんはまた怒りだす。

おはようと茶の間に入ってきた戸部さんは、まだ布団にいる大哉の姿を目に留めると、思った通り顔を険しくした。

「大哉、起きなさい。もう七時だ」

和室にやってきた戸部さんがタオルケットを強引に剝がすと、大哉は手足を体の下に押し込め、丸まっていた。

「大哉！」

戸部さんが大声を出した。大哉は小さな背中をびくりと震わせるが、起き上がろうとはしない。

「いい加減にしろ」

戸部さんが大哉の体を抱き上げた。露《あら》わになった布団のしみに、俺は出かけた声を抑える。抱えられた大哉を見ると、パジャマのズボンが濡《ぬ》れていた。

「またもらしたのか！」

乱暴に下ろされ、よろめいた大哉の姿に、俺はぐっと奥歯を嚙《か》みしめた。

俺のせいだ。俺がぬまんぼに攫《さら》われるなんて言ったから、大哉はトイレに行くのが怖くなってしまったんだ。

「何度同じ失敗をしたら気が済むんだ！」

戸部さんに肩を押され、大哉は布団に尻もちをついた。涙を必死でこらえるその顔の前に、人差し指が突き立てられる。

「今日、お前はなにも飲むんじゃない。麦茶も水も、飲み物は一切禁止だ」

「でも、それじゃあ熱中症になっちゃうかも……」

俺はおずおずと言った。この家にエアコンなんてものはない。ただじっとしているだけでも汗が垂れてくるような今の季節に、一滴の水分も与えないなんて危険だ。

「それぐらいしないと、こいつにはわからないんだ」

俺は助けを求めて茶の間にいるお母さんを見た。

お母さんはしかたない、とでもいうように小さく首を横に振った。

戸部さんは宣言通り、大哉が水を飲むのを一切許さなかった。意地になっているのか、監視するように茶の間に居座り続けるので、俺たちがこっそりと水を与えることもできなかった。

日が高くなり、気温が上がっていくにつれ、大哉は目に見えて元気を失っていった。

俺は気のない手つきでブロックを重ねる大哉と黒沼を見比べ、それからテレビを観《み》る戸部さんに視線を向けた。皮肉なことに、戸部さんの監視が、ぬまんぼに狙われる大哉の身の安全を守ってもいた。

夕食の時間になった。大哉が力なく箸を動かしていると、戸部さんは茶の間から出て行き、コップを持って戻ってきた。

戸部さんは大哉の前にコップを置くと、とくとくと麦茶を注ぐ。

「飲んでいい」

うかがうような大哉の視線に、戸部さんは「飲んでいい」と繰り返した。

コップを手に取った大哉はごくごくと麦茶を飲み始めた。喉は乾き切っていたはずだ。でも、飲みたくて飲んでいるというより、飲めと言われたから飲んでいるような必死さを感じる。

「おもらしをしてごめんなさいと言いなさい」

麦茶を飲み干した大哉は、「おもらしをしてごめんなさい」とオウムのように繰り返した。すると戸部さんは、次に「もうおもらしはしません」と言うように命じた。

「もうおもらしはしません」

大哉が言うと、戸部さんは箸を持ち直して、

「水を飲めなくてつらかっただろう。二度とおもらしはするなよ」

と、声をやわらげ大哉に笑いかけた。

反射のように大哉は笑い返した。水分不足のせいか、顔が真っ白だ。俺は居《い》た堪《たま》れない気持ちで顔を伏せる。

「馬鹿じゃないの」

隣から発せられた声にぎくりとした。すかさずお母さんが咎《とが》めるような視線を向けるが、瑠那は止めない。

「そんなふうに脅したって、おねしょが治るわけないじゃん。ほんと、馬鹿みたい」

ダン、と箸を叩《たた》き置き、戸部さんが立ち上がる。勢い余った足がテーブルにぶつかり、コップやお椀《わん》が、がちゃんと倒れた。

「出て行け！」

耳まで真っ赤にした戸部さんは、家全体を震わすような声を上げた。

「あんたの家じゃない！」

叫び返した瑠那に戸部さんは怒りの表情のまま近づいた。「待って」とお母さんが叫び、大哉はお母さんにしがみつく。

「この恩知らずが」

戸部さんは瑠那に向かってこぶしを振り上げた。

――ぶたれる！

俺は瑠那とともに身をすくめた。しかし、抱いた恐れは現実にはならなかった。

こぶしを広げた戸部さんは、瑠那の肩をつかむと、力尽くで立ち上がらせた。

「お前のこの服だって、ここに並んでいる飯だって、全部俺の金で買ったんだぞ」

網戸を開けた戸部さんは、瑠那を庭へ突き飛ばした。地面に両膝をついた瑠那は、目に涙を浮かべてこちらを振り返る。

「絶対に中に入れるなよ」

戸部さんは窓を手荒に閉めると、茶の間を出てどすどすと階段を上がっていった。バタンと扉が閉まる音が聞こえ、俺は弾《はじ》かれたように窓辺に寄る。

瑠那は両膝を土につけたまま唇を嚙みしめていた。窓を開けたお母さんが小声で訴える。

「すぐに謝りなさい。お母さんも一緒に謝るから」

ぶんぶんと首を横に振った瑠那は、こちらに背を向け庭に座り込んだ。頭痛に耐えるかのように眉間を押さえたお母さんは、重いため息をつくと、倒れた食器を片づけ始める。

俺は瑠那と黒沼を見比べた。昼間は茶色く濁る黒沼の水面は今、その名に相応《ふさわ》しく周囲の闇より黒かった。

「瑠那、早く謝れ。外にいるのは危ない」

ぬまんぼに狙われるという俺の警告を瑠那は無視し続けた。しばらくして再びお母さんが声をかけても、瑠那は頑《かたく》なに謝ろうとしなかった。

それでも限界は訪れた。八時を迎える直前、汗と土にまみれ、疲れ果てた顔をした瑠那は「謝る」とお母さんに告げた。

お母さんは戸部さんを呼びに二階に向かった。しばらくは戸部さんがお母さんを責める声が聞こえていたが、やがて二人で下りてきた。

戸部さんが窓を開けると、瑠那は「ごめんなさい」と頭を下げた。その姿を見るのが悪いような気がして、俺はうつむく。

戸部さんは腕を組んで瑠那をじっと見下ろした。瑠那がもう一度謝ると、やっと口を開く。

「……よし、入れ。二度と口答えはするなよ」

七月二十三日
部活を追えて家に帰ると、大哉が茶の間で落書き帳を広げていた。クレヨンは手にしているものの、白紙を前にぼんやりとしている。

「ただいま」

返事がない。もう一度声をかけると、大哉はぼうっとした表情のまま「おかえり」と答えた。

昨日の出来事が尾を引いているらしく、大哉は今朝からずっとこんな様子だ。反応が鈍く、目の前のことに手がつかないという感じ。いつもはうるさい弟が大人しくしている姿は、俺を落ち着かない気分にさせた。

ぎこちない空気の中、迎えた夕食の時間に俺は苦労した。美容室に配達に行ったら、そこの看板犬のチワワに吠《ほ》えかかられてまいった。戸部さんはそんな話をして笑いを取ろうとしたけど、瑠那も大哉も固い表情のままたいした反応をしないので、俺が二人の分まで笑うしかなかった。俺だって本気で面白いと思ったわけではないけど、そうしないともっと雰囲気が悪くなりそうだった。

夕食が終わると、戸部さんはコンビニへ行くといって出かけた。俺は茶の間で観る気もないバラエティ番組を眺める。

あと三日、学校に行けば夏休みに入る。八月の中ごろには地元のお祭りに行く約束だし、お盆には戸部さんの実家へ行く。そのあとはまた、藤川《ふじかわ》さんたちとバーベキューをすることになっている。こんなに予定の入った夏休みは初めてなのに、ちっともわくわくしない。

ふと隣に座っていた瑠那が和室に入った。置いてあったお母さんのバッグの中から携帯電話を取り出し、勝手に操作する。お母さんは今、大哉と入浴中だ。

「なにしてるの？」

近づいて画面をのぞくと、そこに映し出されていたのは児童相談所の電話番号だった。

「猪瀬《いのせ》さんに電話する気？」

家庭訪問が終わってから数度、猪瀬さんはお母さんに近況を尋ねる電話をかけてきた。そのたびお母さんは、「なにも変わりはないです」と固い声で答えていた。

「井岡《いおか》よりはマシだって思おうとしたけど、やっぱり無理だよ」

瑠那はメモ帳に児童相談所の電話番号を書き写しながら、「学校の裏に商店があるの、わかる?」と俺に聞いた。

「うん、わかる」

駄菓子や文房具を売っている小さな店だ。行ったことはないが、学校の裏にある駐車場から見えるので知ってはいる。

「その隣に公衆電話があるの。明日の放課後、そこから電話をかけてみる」

うちに固定電話はない。お金がもったいないということで、お母さんは引っ越してすぐにひいばあちゃんが契約していた回線を切っていた。

「でも、戸部さんはべつに……」

暴力を振るったわけではない。厳しくするのは、俺たちを思ってしかたなくそうしているだけ……。そのはずだ。

「戸部さんはおかしいよ。特に大哉に対しての怒り方は、絶対に普通じゃない。まだ五歳なのに……」

なにも言えなかった。普通というのが、俺にはよくわからない。

わかるのは、今の家の中の雰囲気が、井岡と暮らしていた時と変わらないということ。

俺たちはみんな、戸部さんの機嫌を損ねないよう息をひそめながら、びくびくと過ごしている。

「児相に目をつけられたら、あの人だって大人しくなるでしょ。もちろん、私が連絡したことは言わないでもらうよ。匿名の通報があったことにしてもらえばいい」

「そんなこと言ったって、俺たちの状況にほかの誰が気づくんだよ。俺らの誰かが通報したんだって戸部さんは思うに決まっている」

戸部さんはものすごく怒るだろう。恩知らずだ、恥をかかされたと。俺たちにもっと厳しい態度を取るようになるかもしれない。

「その時は、私が連絡したって正直に言うよ」

「駄目だよ。そんなことしたら――」

俺ははっとして口をつぐんだ。自分が発しようとした言葉に、愕然《がくぜん》となる。

――そんなことをしたら、どんな目に合わせられるかわからない。

昨夜、瑠那の前で振り上げられたこぶし……。次はあのこぶしが瑠那を本当に打つかもしれない。いつかあの衝動があふれてしまうかもしれないと、俺は疑っているのだ。

「でも、もしも暴力を振るわれたら、それを猪瀬さんに言えるでしょ。殴られでもしたら私たちは保護される。今度は大哉も一緒に」

俺は瑠那の顔を見つめた。ぎゅっと唇を結んだ表情は、お母さんを一人で探しに行くと言った時と同じだ。

「保護所の生活は、大哉には特にきついと思う。でも、私たちがそばにいれば大丈夫だよ。

それに私たちが保護されたら、お母さんはきっと、戸部さんと別れて私たちを迎えにくる。そうしたらまた、四人での生活に戻れる」

やっとわかった。瑠那は心の底ではお母さんのことを信じている。自分たちが見捨てられるわけないと思っている。だからこそあんなふうに強く反発できる。でも、俺は……。新しい家について語る、お母さんのぼんやりとした表情が浮かんだ。お母さんはあの夢を捨ててまで、俺たちを迎えにきてくれるだろうか。

「……でもさ、もう少し様子を見てからのほうがいいんじゃないかな」

弱弱しく言った俺を瑠那はキッとにらんだ。

「そんなにお金のある生活や新しい家が惜しいの？」

「違う！　そんなんじゃない！」

「大きな声を出さないで」

瑠那は俺の口を塞いだ。

「だったら反対しないでよ。せめて大哉だけでも戸部さんから引き離さなきゃ」

風呂場からお湯を流す音が響いた。いつもなら聞こえる甲高い笑い声も、調子っぱずれな歌声も、今日は聞こえない。

俺は一時保護所にいた詩織《しおり》さんのことを思い出した。食堂で見かける詩織さんはいつも、焦点の合わない目で宙を眺め、自分がなにを食べているかもわからないように漫然と食事をしていた。

心を病んだ人の施設に入ったと言われる詩織さん。ぼんやりとした詩織さんの表情と、大哉のそれが重なる。

「大哉のことは私たちが守らなきゃ。弟なんだから」

瑠那はメモ帳を胸に抱いた。甘ったれで能天気な弟……。確かに俺たちには、あいつを守る責任がある。

「……そうだね。そうしたほうがいい」

うなずき、ふと思った。保護されれば大哉は戸部さんだけではなく、ぬまんぼの危険からも逃れられる。

「明日、俺も一緒に行くよ。部活はさぼる」

そう言ったのは、四歳の時と同じ臆病さからに過ぎない。瑠那を一人で行かせるのも、自分が一人で残されるのも恐ろしかった。

しかし俺の内心に気づかない瑠那は、うん、と励まされたみたいにうなずいた。

七月二十四日
放課後、学校の裏門を出た俺たちは、商店の隣にある電話ボックスに入った。暑くて狭いボックスの中、瑠那はもぞもぞとランドセルからメモ帳を取り出した。

メモ帳を電話台に置いた瑠那は、受話器を手に取り十円玉を三枚入れた。番号を一つずつ口にしながら慎重にボタンを押していく。全身の毛穴から汗が噴き出るほど暑いのに、その指先は小さく震えていた。

最後のボタンが押され、俺は受話器に耳を寄せる。呼び出し音が鳴り始めると、とたんに自分がひどい恩知らずのように思えた。

本当にこんなことをしていいのだろうか。戸部さんはいろんなものをくれたのに……。父親らしくふるまおうとしているだけなのに……。

「はい。××地区児童相談所です」

二回のコールで女の人が出た。瑠那は小さく息をのんでから、あの、と切り出す。直後、どん、と電話ボックスが揺れた。

びくりとして横を向くと、ガラスに両手をついた戸部さんが笑顔を浮かべていた。

もしもし、と怪訝《けげん》な声が受話器から聞こえた。

瑠那は電話を切った。ほぼ同時に戸部さんがボックスのドアを開く。十円玉が二枚、音を立てて返却口から出てきた。

「学校に配達に来たんだ。この辺りを担当する同僚が急病で休んだから、代わりにな」

小学校の駐車場に目を向けると、戸部さんの会社のトラックが止まっているのが見えた。どうして今日、この瞬間に限って——。

自分の不用意さを後悔する。ちゃんと周りを見ていれば、戸部さんのトラックが学校に入っていくことに気づいただろうに。

「もしかしたらお前たちに会えるかもしれないと思っていたけど、本当に会ったなぁ」

大丈夫。電話をかけているところを見られただけ。相手が誰かまでは、ばれていない。俺たちがなにをしようとしていたか、戸部さんは気づいていない。

そうわかってはいても、鼓動は大きくなった。音が体を突き抜け、戸部さんにまで聞こえてしまいそうだ。

「今ね、前の学校の友達に電話したの」

瑠那の口調は驚くほど自然だった。

「亮介とも仲良くしていた子なんだ。久しぶりに話せてよかった」

「こんな暑い中、わざわざ公衆電話からかけなくたってよかっただろ。お母さんの携帯を借りればいいのに」

「お母さん、電話代が高くなるってうるさいんだよね。ケチだから」

ははっと笑った戸部さんは、俺に視線を向けた。

「部活は？」

「今日は休みなんだ。先生に用事があって……」

瑠那に倣い、平静を装って答えると、戸部さんは疑うことなく「そうか」とつぶやいた。

「仕事に戻らないと。熱中症に気をつけろよ。じゃあな」

戸部さんは駐車場に戻ってトラックに乗り込んだ。学校を出たトラックは、商店とは反対方向へ走り去っていく。

俺が息を吐くのと同時に、瑠那は腰を抜かしたようにかがんだ。ティーシャツが汗で背中にべったりと張りついている。

「今日は無理。明日にしよう」

かすれた瑠那のつぶやきに、俺はうなずいた。動悸《どうき》はしばらく治まりそうになかった。

表に車が止まる音が聞こえたのは、風呂を上がった直後のことだった。俺は急いで和室に向かい、自分の布団を広げた。二階にいた瑠那も慌てて和室に来ると、ふすまを閉めて布団を敷く。

「ただいま」

玄関から戸部さんの声が聞こえた時には、俺も瑠那もブランケットにもぐりこんでいた。九時過ぎ。寝るにはまだ少し早い時間だが、戸部さんとは顔を合わせたくない。自然に話せる自信がないし、うしろめたいような感覚もあった。

一足先に布団に入っていた大哉はすでに眠りについていた。俺と瑠那は弟の寝息に息を合わせ、寝たふりをする。

「おかえりなさい。ご飯、すぐに温めるから」

台所からお母さんの声が聞こえ、戸部さんが茶の間に入ってくる気配がした。

足音が近づく。ふすまがギシリと開かれ、茶の間の光が和室に差し込んだ。

まぶしさにまぶたがぴくりと震えたが、眠ったふりを続ける。すると、戸部さんがぽつりとつぶやいた。

「ゼロ」

戸部さんは続けて別の数字を口にした。意図は読めないながら異様なものを感じ、俺は体を固くした。

「×、×、×……」

続けられた数字にはっとする。これは電話番号だ。戸部さんは児童相談所の電話番号を口にしている。

どうしてばれた？ 電話ボックスでのことを思い返し、電話台の上に置いたメモ帳の存在に気づく。

電話ボックスに手をついたその時、戸部さんはメモの番号を見て記憶したのだ。きっと最初から——電話ボックスに二人でいる俺たちを見つけたその瞬間から——、戸部さんは俺たちのことを怪しんでいた。

じわじわと全身が汗ばみ、呼吸が荒くなった。

「瑠那、亮介。起きろ」

最後の数字を口にしたあと、戸部さんはそう告げた。

そのまま寝たふりをし続ける度胸はなく、俺はのろのろと体を起こした。少し遅れて瑠那も起き上がる。

もう逃げられない。ぶたれるだろうか。──まさか。戸部さんは井岡とは違う。そんなことをする人じゃない。

心の奥から声が聞こえる。──そんな人だと疑ったから電話をかけたくせに。恩知らずな真似をしたから、罰が当たったんだ。

「嘘《うそ》をついたな」

逆光の中、戸部さんがどんな表情をしているのかよく見えない。しかしその声はいつもよりずっと低かった。

「どうかした?」

不穏な空気を察知したのか、お母さんが廊下から顔をのぞかせた。大哉も目を覚まし、もぞもぞと布団から体を起こす。

「おかしいと思ったよ。メモに書かれている番号は市内のものなのに、前の学校の友達に電話をかけただなんて……。事務所で検索したら、児童相談所のものだと出てきた」

「……なに? なんのこと?」

お母さんは困惑して俺たちと戸部さんを見比べた。

「俺が虐待していると、児相に電話するつもりだったようだ」

お母さんは言葉を失い、俺と瑠那を凝視した。

「結局、電話はしなかったようだな。かけていいんだぞ」

ぽいと放り投げられた携帯電話が、俺と瑠那の間に落ちた。

「俺は、自分の行為は虐待ではなくしつけだと自信を持って説明できる。ほら、かけなさい。今すぐ」

俺も瑠那も身動き一つ取れなかった。戸部さんの怒りが部屋中に満ちていく。息が……息が苦しい。

「……ごめんなさい」

圧しつぶされるように瑠那が頭を下げた。つられて俺も同じくする。ごめんなさい、ごめんなさい、ごめんなさい。

「なにに対しての謝罪だ？」

なんと答えれば許してもらえるのだろう。正解がわからず黙っていると、戸部さんがすうっと息を吸い込んだ。

「お前たちはいつもそうだ！　口先だけで謝れば、それで済むと思っているんだろ！　ふざけやがって！」

俺と瑠那の間を通って和室を横断した戸部さんは、壁際に置いてあった木刀を手に取った。大哉がひっと怯《おび》えた声をもらす。

「やめて!」

お母さんは茶の間に飛び込んだ。しかし「お前は黙っていろ!」と怒鳴られ、びくりと足を止める。

「立て」

木刀の切っ先が、俺と瑠那を順番に指した。

あの時、明日にしようなんて先延ばしにせず、児相に電話をかけてしまえばよかったんだ。なにがなんでも、助けてください、保護してくださいと頼むべきだった。

――違う。そもそも電話しようとしたのが間違いだった。戸部さんになにをされても、黙って耐えていれば、こんなことにはならなかった。

「さっさと立て!」

逆らっちゃいけない。全部戸部さんの言う通りにしないと……。

そう思っても、体は金縛りに合ったように動かない。だって、立ち上がったらあの木刀に打たれる。殴られるよりずっと痛いはずだ。

「電話しようって言ったのは私なの」

硬直する俺を残し、瑠那は立ち上がった。

「亮介は嫌がっていたけど、私が無理やり付き合わせた」

俺は信じられない思いで瑠那を見上げた。目に見えてわかるくらいに、唇がガタガタと震えている。

「……そうか。悪いのは、全部瑠那なんだな」

違う。発した声は喉に張りつき、意味をなさないうめきとなった。

「それじゃあ、罰を受けるのは亮介だ」

戸部さんは俺の前にかがみ、木刀を振りかぶった。

七月二十五日

痛みに疲れて眠り、痛みに耐えきれず目覚める。浅い眠りと覚醒を繰り返しているうち、ふとニュースを伝えるキャスターの声が聞こえた。

もう朝の七時を過ぎているのだ。慌てて身を起こそうとした俺は、左脛《ひだりすね》の激しい痛みに声を上げた。

「おう、起きたか」

戸部さんがふすまを開けた。背後には食事中の瑠那と大哉の姿が見える。二人は怯えた顔で俺たちのやりとりを注視した。

――新しいルールを追加する。瑠那が悪いことをしたら亮介が、亮介が悪いことをしたら大哉が、大哉が悪いことをしたら瑠那に罰を受けさせる。そうでもしないと、お前たちにはわからないようだからな。

　昨夜、俺の脛を三度打ち据えたあと、戸部さんは淡々とそう告げた。

「ご、ごめんなさい。素振り、今すぐやるから……」

　俺は歯を食いしばって上体を起こした。逆らう気なんてない。全部戸部さんの言う通りにする。だから、だから……。

「いや、今日はいい。足が治るまで、日課は休みだ」

　昨日の怒りが嘘だったかのように、戸部さんの声音は穏やかだ。

「今日は学校も休め。痛みが引くまで家で安静にしていなさい」

　ふすまが閉められ、俺は自分の左足を見やった。

　脛に巻きつけられた保冷剤はすでに溶け切っている。一晩が過ぎ、今や打たれた箇所だけではなく、脛全体が赤く腫れ上がっていた。浅く呼吸をしただけでも、突き上げるような痛みが響く。

「亮介、大丈夫？」

　戸を開け、和室にやってきたお母さんは、保冷剤を新しいものに取り換えた。

　冷たさに刺激され、痛みがより増した。悲鳴をこらえる俺の顔をお母さんがのぞき込む。

「二度と馬鹿なことはしないで。お願いだから、大人しくして」

泣きそうな表情をしたお母さんは俺の頰をさっとなで、茶の間に入っていった。閉じたふすまの向こうから、お母さんが戸部さんに話しかける声が聞こえる。

「亮介を病院に連れて行きたいんだけど……」

「そんな大げさな怪我じゃないだろう」

「でも、骨が折れているかもしれない」

「ちゃんと加減はした。余計な心配をするな」

怒鳴るように言われ、お母さんは黙り込んだ。

その後、廊下からお母さんが小学校に電話をかける声が聞こえた。欠席の理由を聞かれたのだろう。お母さんは「発熱があるんです。風邪を引いたみたいで」と、ぼそぼそと答えた。

うつらうつらと天井を眺めているうち、「いってきます」と戸部さんが仕事にでかけた。車のエンジン音が遠ざかると、ふすまが開き、瑠那が入ってきた。

「……ごめんね」

震える手で差し出されたのは俺のキーホルダーだった。二階に置いてあったランドセルから取ってきてくれたのだ。

キーホルダーを受け取った俺は、コインをぎゅっとにぎりしめた。けれど、力は少しもわいてこない。

「こんなことになるなんて、思わなかったの。こんな……こんなこと……」

瑠那の目から涙がこぼれた。俺はうつむき、音もなく畳に落ちた雫《しずく》を見つめる。

俺たちはもう、なにもできない。大人しく戸部さんの言う通りに過ごしていくしかない。逆らえばどうなるか、十分に思い知らされた。

ぐすりと鼻を鳴らした瑠那は、ポケットから星の飾りがついた赤色のペンを取り出した。確か仲の良い友達からもらったのだと前に自慢していたものだ。

庭へ出た瑠那は、斜面を下り、黒沼に近づいた。

俺は自分がいつの間にかぬまんぼへの恐怖を忘れていたことに気づく。濁った水面を眺めても、もう心はざわめかない。

瑠那が沼に赤いペンを投げ入れた。目を閉じた俺は、瑠那が手を四度叩く音を聞いた。

祈りが届くとは思えなかった。誰も俺たちを救ってはくれない。

八月六日
左脛の腫れは終業式の日になっても引かず、俺は結局、学校に行かないまま夏休みを迎えた。
数日が過ぎ、打たれた箇所は青と紫が入りまじった痣になった。動かすとまだ痛みがあるので、夏休み中の部活動は風邪が長引いているということにして休み続けている。

午後三時過ぎ、蟬《せみ》の鳴き声がやかましく響く中、俺と大哉はなにをするでもなく茶の間に座り込んでいた。仕事が休みのお母さんは、瑠那を連れて出かけた。明日のキャンプに持って行くものを買いそろえるためだ。瑠那はもうキャンプへの興味を完全に失っていたが、今さら参加したくないなんて言えるわけがなかった。

俺はもてあそんでいたキーホルダーの輪を指にかけた。ぶらぶらと揺れるコインをぼうっと眺めていると、ふと遠くで雷が鳴った。

「大丈夫。遠いよ」

怯えて耳を押さえた大哉にそう声をかける。しかし空がどんどん暗くなっていくのに比例して、雷の音も近づいてくる。

「あっ、洗濯物」

雨が降ったら洗濯物を取り込むようお母さんに頼まれていた。庭に下り、キーホルダーをポケットにしまおうとすると、手からコインが滑り落ちた。

落下したキーホルダーは、埋まっていた小石に当たってカキンと飛び跳ねた。慌ててキーホルダーを拾い上げた俺は、「あっ」と声を上げる。

コインが表側と裏側でずれていた。割れたのかと焦るが、どうやら最初からわかれる仕組みらしい。

七年越しに初めて知った事実に驚きながら、力を入れてコインをさらにスライドさせてみる。すると、内側に四角い空洞があった。

コインは写真を入れるロケットのような品だったらしい。空洞にはプリントシールが貼りつけてあり、小さな男の子と男の人が、カラフルな魚のフレームに囲まれ笑っていた。楽しくってしかたない。そんな笑顔をカメラに向ける男の子は、子供のころの俺で間違いない。ならば俺を抱き上げるこの人は……。

ふいに記憶がよみがえった。海辺のお土産屋さんに置かれた、プリントシールを撮る機械。俺を抱き上げたお父さんがカメラを指差す。フラッシュの白い閃光《せんこう》。機械の隣に置かれたラックには、キーホルダーがずらりと並んでいた。──そうだ。俺が買ってもらったキーホルダーは、そのラックの一番上にぶら下がっていた。手が届かない俺の代わりに、お父さんがイルカのコインを取ってくれた。

「固いな。不良品か」

お父さんは苦労してコインをスライドさせると、空洞にシールを貼り、俺に「ほら」と笑顔で手渡した。

それ以上のことは思い出せない。でも、確かにここにお父さんがいる。俺を抱き上げ、笑っているお父さんが──。

ピカッと空が光り、遅れて雷鳴が鳴った。

俺はシールをそっとなでた。お父さんはこんな顔をしていたのか。くっきりした目鼻立ち……。瑠那が言う通り、俺はお父さん似で間違いない。そう思ったら、とたんに涙があふれた。

　お父さんに会いたい。お父さんに生きていてほしかった。今までで一番強く、そう願う。灰色の空からこぼれた雫《しずく》が一滴、ぽつりとシールに落ちた。その一滴を皮切りに、ぽつぽつと雨が降り始める。

「足、痛いの？」

　振り返ると、大哉が心配そうにこちらを見ていた。俺は涙をぬぐう。弟は自分と俺たちの父親が違うことは理解している。

「ううん、平気だ。お父さんの写真が……俺と瑠那のお父さんの写真が見つかったんだ。ほら」

　水滴をぬぐってシールを見せると、大哉は息をのんで後ずさった。怖いものでも見たかのような反応に、俺は首をひねる。

「どうした？」

「しろぽん」

「え？」

「その人、しろぽんだよ」

　震える指先が、笑顔を浮かべるお父さんを示した。雨が徐々に勢いを増し、雷の音も大きくなっていく。

「この人が……この男の人が、しろぽんだって言っているのか？」

「しろぽんの顔はもっと白いけど……でも、おんなじ顔だよ。抱っこされてる子、攫われちゃったの？」

不安げな問いに答える余裕がなかった。しろぽんとお父さんが同じ顔だって？

だったらぬまんぼは……、大哉と遊び、俺を追いかけ、戸部さんの首を絞めたぬまんぼは――。

黒沼を振り返る。暗い水を湛《たた》えたいびつな楕円《だえん》は、降り注ぐ雨を受け、無数の波紋を浮かべていた。

吸い込まれるよう歩き出した俺に、大哉が「亮介！」と叫びかける。足を引きずりながら斜面を下った俺は、沼を前にし声を張り上げた。

「お父さん、出てきて！」

雷鳴が轟《とどろ》き、空に光の亀裂が走った。その裂け目からもれ出たように、雨がざぶざぶと地上に降り注ぐ。

「そこにいるんでしょ、お父さん！」

その濁った水の中から出てきて。俺たちを助けて。

煙《けぶ》る飛沫《しぶき》にぼやけた視界。頭のてっぺんからつま先までずぶ濡れになった体。まるで全身が沼につかっているような感覚に陥ったその時、沼が大きく渦を巻き、中心がざぶりと盛り上がった。

思わず後ずさった俺の背後で、大哉が叫ぶ。

「亮介、逃げて！　しろぽんだよ！」

まぶたに滴り落ちる雫を何度もぬぐいながら、じっと目を凝らす。

お父さんの姿は俺には見えない。だが、雨が体にぶつかり弾《はじ》けた飛沫が、あるいは体を流れる水滴が、沼に立つその輪郭をかすかに――気を抜けばたちまち見失ってしまうほどかすかに――浮かび上がらせていた。

ざぶりと沼から上がったお父さんは、ずっ、ずっ、と足を引きずり俺の前に立った。騒々しい雨音にまじり、ぜえぜえと荒い呼吸の音が聞こえる。大哉によればお父さんは足や首を怪我《けが》している。きっと事故の時に負ったのだろう。

「お父さん、俺……」

ふと濡れた感触が俺の右手を包みこんだ。あの夜、怖気《おぞけ》を感じた冷たさが、今は少しも恐ろしくない。

苦しかった。さみしかった。会いたかった。

あふれる気持ちに声を詰まらせた俺の右手を、お父さんは開かせた。あの時と同じように、固い爪先が手のひらを引っかく。

くすぐったさに身をよじると、お父さんは叱るように俺の手を振り、再び爪を立てた。

「……もしかして、字を書いているの？」

返事の代わりか、お父さんは、はっ、とかすれた息をもらした。

話せないお父さんは――きっと首の怪我のせいだ――、字を書くことでなにかを伝えようとしている。俺は手のひらに全神経を集中させた。

最初の字は『だ』。書かれた文字を読み上げていく。

「だ、い、や、こ、ろ……」

落書き帳に残されたメッセージ。俺は次に『す』が来るのだと思い込んでいた。けれど続いた文字は――。

「さ、れ、る？」

俺は目を見開いた。その間もお父さんは指を動かし続ける。――と、べ、に。

まさか。ありえない。そう思いたい気持ちとは裏腹に、大哉に向かって木刀を振り下ろす戸部さんの姿が鮮明に思い浮かぶ。

お父さんはさらに強く爪を立てた。

――と、べ、こ、ろ、せ。

「……え？」

読み違えたのかと思った。しかしお父さんは『とべころせ』と繰り返し書きつける。

「そ、そんなの、できないよ……」

声を震わせた俺の手のひらに、お父さんは『やれ』と書いた。その筆圧に容赦はなく、手のひらがジンジンと痛んだ。

「無理だって！」

手を振り払い、姿の見えないお父さんを見上げる。プリントシールを見つけた時とは違う涙が目に溜まった。

理屈はわからない。でも、お父さんは俺たちを助けるために黒沼から出てきたのだと思った。お父さんが戸部さんをやっつけてくれるのだと、そう思った。それなのに、こんな恐ろしいことを言うなんて……。

また雷が落ちた。戸部さんの……井岡の怒鳴り声が、重なり合って響く。男たちの大きな体が視界を覆う。

この暗がりに手を差し伸べてくれる人は、誰もいない。お父さんでさえ、俺たちを救ってはくれない。

すがれるものが他になく、左手に持っていたコインを胸に寄せたその時、ひやりと冷たい感触が俺の体を包み込んだ。

骨ばった手が背中を叩く。なだめるかのような、あるいは励ますかのようなその手つきはぎこちなく、どこまでも優しい。

俺は冷たい体に額をくっつけた。お父さん……。

「駄目！　亮介を連れて行かないで！」

かすかに弱まった雨の中、大哉の叫びが背後から響き渡った。お父さんは再び俺の右手を開かせる。

一瞬の間ののち、書かれた言葉は——か、ぞ、く、ま、も、れ。

さらに雨の勢いが弱まり、ふと右手に触れていた冷たい感触が消えた。荒い呼吸の音も、もうしない。

「……お父さん？」

おずおずと手を伸ばすが、降り注ぐ雨粒以外のなにかに当たる感触はなかった。

俺は足を踏み出す。さらに一歩。もう一歩。なににもぶつからないまま、沼の縁に到着してしまう。

「大哉、しろぽんは？」

振り返ると、大哉は裸足で斜面の上に立っていた。

「もういないよ」

首をすくめた大哉の答えに、俺は呆然《ぼうぜん》と黒沼を眺めた。雨の勢いは一段と弱まり、雷の音も遠ざかっている。

「ねぇ、危ないよ。早くお家に入りなよ」

「違うんだ。俺が間違っていた。しろぽんは、悪いやつじゃなかったんだ」

手のひらに視線を落とす。

先ほどの出来事が幻想でないことは、赤く浮き上がった爪痕が証明していた。

お父さんと会った。ぬまんぼだと思っていたものはお父さんだった。

買い物から帰ってきた二人にそう伝えると、お母さんは俺が洗濯物を取り込まなかったことを叱った上で「ぬまんぼの話はもうしないで」とうんざりし、瑠那は「そんなわけないでしょ」と不機嫌になった。端《はな》から俺の話を信じていない二人に、それ以上なにも言えなかった。

だいやころされる。とべころせ。

不吉なメッセージが絶え間なくこだまし、仕事から帰ってきた戸部さんの顔をまともに見ることができなかった。

混乱のまま迎えた夜半、俺以外の家族が寝息を立てる中、茶の間からは照明の光とともに、深夜番組の音と、戸部さんの低いいびきがもれていた。

あの時とほとんど同じだ。お父さんが、眠る戸部さんの首を絞めた時と……。

あれからまだひと月ほどしか経《た》っていないはずなのに、遠い出来事のような気がする。

あのころの戸部さんは俺の目に、人を木刀で打つような人とは映っていなかった。

それなのにお父さんは戸部さんの首を絞めた。まさかお母さんと付き合う戸部さんが気に食わず、そうしたわけはないだろう。

お父さんは始めから――おそらくは俺たちが戸部さんと出会う前から――戸部さんの危うさをわかっていた。

坂の下で俺を追いかけた時、夜中に俺の手のひらに爪を立てた時、振り返ればどの場面でも、お父さんは俺に警告しようとしていた気がする。

いびきが一際大きく響いた。俺は布団から身を起こし、そっとふすまを開ける。

戸部さんは仰向けで眠っている。この光景もあの時と同じ……。

あの時、お父さんは脅しや威嚇のつもりで戸部さんの首を絞めたのではない。本気で戸部さんの命を奪おうとしていたのだ。だってそうしなければ、大哉が殺されてしまうから。

だいやころされる。とべころせ。

泣きじゃくる大哉。怒る戸部さん。振り下ろされた木刀が、小さな体を打ち据える。

生々しいほどの鮮明さで繰り返されるイメージが、予言めいた警告に確証を帯びさせる。

俺は弟の寝顔を見下ろした。両目をつむり薄く口を開けたその表情は、起きている時よりずっと安らかに見えた。今の大哉にとってなににも脅かされない場所は、夢の中にしかない。

守らなければ、弟を――。

じわりと熱くなったこぶしをにぎり、茶の間に足を踏み入れる。ぐぅ、といびきを立てる戸部さんは、首筋を無防備にさらしていた。

視界は高熱が出た時のように滲んでいた。呼吸が早まり、全身から汗がふき出す。大哉を守らないと。家族を守らないと。お父さんの言う通りにしないと……。

畳に膝をつき、太い首に手を伸ばす。その時、テレビから陽気な歌声が流れた。

みんなで行こうよ、ジョイミール。食べよう、ステーキ、ピザにパフェ。

昂《たかぶ》りは瞬《また》く間に冷えた。糸が切れた操り人形のように、俺はその場に座り込んだ。

八月七日

蛇口をひねって出てきた水は温く、顔を洗っても爽快感は少しも得られなかった。

俺は濡れた両手を見つめる。人を殺そうとするなんて、どうかしていた。

そんなことしていいわけがないし、できるはずもない。もしもあのまま首を絞めていたとしても、目覚めた戸部さんに抵抗されたに決まっている。

茶の間に入ると、戸部さんと大哉はすでに朝食を食べていた。瑠那はいない。今日から始まるキャンプに参加するため、早朝に家を出ていった。明後日の夕方ごろに帰ってくる予定だ。

着席した俺は「いただきます」と手を合わせた。ちらりと隣をうかがうと、戸部さんはあくびを嚙み殺しながら目玉焼きをつついていた。

だいやころされる。とべころせ。

頭に響く声なき言葉を振り払う。やはり、児相に連絡するべきだろうか。足の痣を見せて事情を説明すれば、きっと保護してもらえる。戸部さんから離れれば、大哉も俺たちも危害を加えられる恐れはなくなる。

そうだ。すぐに電話ボックスに行って、猪瀬さんに連絡するべきだ。それが一番の選択であるのはわかっている。

でも……でも万が一、またその姿を戸部さんに見られたら？

電話ボックスに手をついた戸部さんの姿を思い出し、体がぞくりと震えた。俺がしくじれば、罰を受けるのは大哉だ。俺が受けたような暴力がそのまま大哉の小さな体に向かえば、それこそ命取りになりかねない。それに……。

洗濯物が入ったカゴを抱えたお母さんが茶の間に入ってきた。窓から庭に出て、戸部さんの大きなティーシャツを竿《さお》に干す。

俺たちが保護されれば、戸部さんはあの時以上に激しく怒るだろう。そしてその怒りは一人残されたお母さんへと向かう。お母さんに逃げられる場所はどこにもない。

どこを向いても行き止まりだ。救いを求めて黒沼を見やるが、濁った水面は沈黙したままだ。

お父さんは、好きな時に好きなように沼から出てこられるわけではなさそうだ。それができるなら、もっと頻繁に俺たちの前に姿を現すはず。次に会えるのは一体いつになるのだろう。

「瑠那が行くキャンプ場の辺り、今夜は雨みたいだな。キャンプファイヤーは中止になるかも」

戸部さんのつぶやきに、俺はテレビに目を向けた。うちは毎朝、地元テレビのニュース番組を流している。画面には県内各市の天気予報が映っていて、キャンプ場があるO市には、夜の時間帯に雨マークがついていた。

雨……雨だ！

坂の下で会った時も夜中に触れられた時も、お父さんの気配を感じるのはいつも雨が激しく降っている時だった。そして雨が弱まると、お父さんは消えてしまう。昨日だってそうだったじゃないか。

間違いない。お父さんは雨が降っている時しか沼から出てこられない。しかもパラパラと振るような小雨では駄目だ。ざあざあ、ざぶざぶ。外へ出ればあっという間に体がびしょ濡れになるような、大雨の時でないと。

自分が住むS市の天気を確認する。雨のマークはどこにもついていない。けれど……。

「亮介。もし急に雨が降ったら、洗濯物を取り込んでおいてね」

庭から上がったお母さんはそう言った。この辺りは山沿いなので天気が変わりやすい。天気予報が晴れでも、突然雨が降ることはこれまでに何度もあった。

特に今は夏だ。激しいにわか雨が降ることはいつだって大いにありえるし、それが今日の可能性だってある。

「うん、わかった」

きっと近いうちにお父さんに会える。次はもっと落ち着いて、この先どうすればいいのかを話し合おう。戸部さんを俺たちから引き離す方法を二人で考えるんだ。

「あれ、ダイちゃん、顔が赤いね」

お母さんの言葉に、俺は向かいで食事をする大哉の顔を見た。言われてみれば確かに頬がいつもより赤い。

「熱があるのかも……」

大哉の額に手を当て、不安げにつぶやいたお母さんは、茶簞笥《ちゃだんす》から体温計を取り出した。

測ってみると確かに微熱がある。

「保育園、休ませないと」

ため息をついたお母さんに、戸部さんが聞く。

「仕事は休んで平気なのか」

「平気じゃないけど……。とにかく、代わりに出てくれる人がいないか、探してみる」

お母さんは職場の同僚に電話をかけたが、代わってくれる人は見つからなかった。

「ねぇ、亮介。大哉のこと、頼んでいいかな？」

今は忙しい時期で急に休むのは気が引けるらしい。

困り果てた様子のお母さんに、俺は「いいよ」と請け合った。

大哉が微熱を出すのは珍しいことではないし、大抵の場合けろっとしている。今だって大人しくはしているものの、それは戸部さんを前に緊張しているだけで、体調自体は悪くなさそうだ。夕方までなら俺だけでも面倒は見られるだろう。

「それじゃあよろしくね。早く帰れるよう、職場の人に相談してみるから」

「大哉のこと、まかせたぞ」

戸部さんは立ち上がり様に俺の肩をポンと叩き、仕事に向かった。


昼になり、俺はお母さんが作ってくれたおにぎりを茶の間のテーブルに並べた。自分の分を食べ終え、ふと隣を見ると、大哉はまだ半分も食べていない。

「食欲ないのか？」

「なんか、気持ち悪い……」

顔を見ると朝よりも頬の赤みが強くなっていた。熱が上がっているのかもしれない。

「熱、もう一回測ってみるか」

茶簞笥から体温計を取り出し、大哉の脇に差し込む。計測が終わり表示を確認すると、三十九度を越えていた。

予想以上の高熱に俺はうろたえた。とにかく、薬を飲ませないと。

茶簞笥から薬箱代わりのプラスチックケースを取り出す。大哉用の熱冷ましシロップを探すが、見つからない。俺や瑠那のための子供用の解熱剤ならあるのだが、大哉はまだ錠剤をうまく飲み込めなかった。

お母さんに連絡しようにも電話がない。どうしようかと迷っているうち、大哉はぐったりとテーブルに突っ伏した。

「大哉、寝るなら布団で寝ろ」

和室に布団を敷き、大哉を寝かせる。タオルケットをかけようとすると、「暑い」と嫌がられたので、扇風機を体に向けた。少しでも風通りを良くするため、網戸も全開にする。

「眠っちゃえよ。眠れば楽になるから」

大哉は居心地が悪そうに何度か寝返り打つと、潤んだ視線を俺に向けた。

「お母さんに会いたい」

「……無理だよ。連絡が取れないんだ」

苦しげな吐息とともに、大哉の目から涙がこぼれた。

「きっとすぐに帰ってくるよ。早く帰れるよう頼んでみるって言っていたから」

慌ててそう言うが、大哉は泣き止まない。声を上げる気力もなくただぽろぽろと涙を流す弟の姿を前に、俺はすっかり途方に暮れた。

「……あっ、そうだ」

押入れを開き、瑠那の衣装ケースを探る。洋服の間からウルトラナイトのフィギュアを取り出して見せると、大哉は「あっ」と声を上げた。

「ゴミ捨て場から拾っておいたんだ。ウルトラナイトと一緒なら眠れるだろ」

涙をぬぐった大哉は、差し出されたフィギュアを大事そうに抱きしめた。

そういえばこのフィギュアは、井岡が大哉に誕生日プレゼントとして買ったものだった。あいつは大哉をかわいがっていたわけではないけれど、たまにはそんな父親らしいことしてみせた時もあったのだ。

俺にとっては最低のクズでも、大哉の目には違って映っていたのかもしれない。とっくにブームの去ったキャラクターのフィギュアが一番のお気に入りなのは、それが自分のお父さんからのプレゼントだから。俺のキーホルダーと同じだ。

「戸部さんには絶対に見せないよう注意しろよ。戸部さんが家にいる時は、遊ばずに隠しておくんだ。わかるだろ?」

強く念を押すと、大哉はこくこくとうなずき、ひしとフィギュアを抱いたまま目をつむった。

やがて小さな寝息が聞こえ始めた。ほっと胸をなでおろした俺は、自分も大哉の横になって目を閉じる。ほとんど眠れなかった昨夜の分の眠気が、一気に襲ってきた。

玄関の扉が閉まる音に、はっと目覚める。時計を見ると、午後三時前。お母さんが帰ってきてくれたんだ。

「おかえり」

いそいそと廊下に出ると、玄関にいたのは戸部さんだった。手にビニール袋を三つもぶら提げている。

「大哉はどうだ?」

とっさのことで答えられない俺の横を通り過ぎ、戸部さんは茶の間に入った。慌ててあとを追うと、戸部さんはふすまに手をかけ、眠る大哉を眺めていた。

ウルトラナイトを見られる。さっと血の気が引いたが、フィギュアは大哉の腕と枕の間にうまく隠れていて、戸部さんが気づくことはなかった。

「休憩をもらって抜け出してきたんだ」

茶の間のテーブルに袋を置いた戸部さんは、皿に残されたおにぎりを見て眉根を寄せた。

「大哉が残したのか?」

「うん。食欲がないみたい。熱が三十九度まで上がったんだよ」

「そんなに？」

戸部さんは首を伸ばして大哉を振り返った。和室に入った俺は、タオルケットを大哉の首までかけることでフィギュアを完全に覆い隠した。

「薬は飲んだのか」

「飲ませようとしたんだけど、大哉用のシロップがなくて……」

「まったく、お母さんは用意が悪いな。薬局に寄って正解だったよ」

ちらりと笑った戸部さんは、袋から子供用の熱冷ましシロップを取り出した。さらに別の袋からスポーツドリンクとゼリーも取り出す。

「薬、大哉が起きたら飲ませてやってくれ。俺は昼メシを食ったら、すぐに出ないといけないから」

買ってきた弁当を食べ始めた戸部さんは、「明日までに熱が下がらなかったら、病院に連れて行かないとな」とひとり言のようにつぶやいた。

俺は戸部さんの広い背中を見つめた。やっぱり、戸部さんは恐ろしいだけの人じゃない。俺たちが機嫌を損ねるようなことをしなければ、頼れる優しい人のままでいてくれるのだ。だいやころされる。――そんなわけない。とべころせ。――そんなことはしなくていい。ちゃんと戸部さんの言う通りにしていれば、木刀で打たれることは二度とない。

ただ大人しくしているのが正解なのだ。それが、俺たちが無事でいる一番の方法だ。

「亮介、から揚げやるよ」

戸部さんは弁当の蓋にから揚げを一つ置いた。戸部さんの隣に座った俺は、渡された爪楊枝をから揚げに刺す。その時、和室から物音がした。

振り返ると、身を起こした大哉がぼんやりとした表情で俺と戸部さんを見比べていた。熱のせいか寝起きのせいか、状況がよくわかっていないようだ。

「おい」

低い声が響き、俺は戸部さんを見上げる。その険しい視線をたどると、めくれたタオルケットから頭をのぞかせるウルトラナイトに行き着いた。

「捨てたはずだろう。なんでここにあるんだ?」

ずかずかと和室に入った戸部さんは、身を縮める大哉の前にかがみ、フィギュアを手に取った。

「大哉じゃない。俺が拾ったんだ」

俺が悪いことをしたら大哉が罰を受ける。呪いのようなルールが頭をよぎったが、詰め寄られて怯える大哉を前に黙っていることもできなかった。

「余計なことをするな! 弟のためにならないだろ!」

太い腕の血管が盛り上がるとともに、プラスチック製のフィギュアがミシミシと音を立てた。

「あっ……」

悲痛な声を上げた大哉の足元に、胴から半分に折れたウルトラナイトが投げ捨てられた。しかしそれで怒りは治まったのか、茶の間に戻った戸部さんはどさりと腰を下ろし、再び弁当を食べ始めた。

——ごめん。俺が悪かった。あとでお絵かきでもブロックでも好きなだけ付き合うから、今は泣くな。これ以上、戸部さんを刺激するな。

そんな気持ちを込めて大哉を見る。しかし目に涙を溜《た》めた弟は、ぽつりとつぶやいた。

「お父さんに会いたい」

部屋が陰った。外を走る車の音、林から響く蟬の鳴き声、家の中に漂い続けるかすかな沼のにおい……、すべてが遠くなった気がした。その中で、ぽつ、ぽつ、と降り始めた雨の音だけが際立って聞こえる。

戸部さんが立ち上がった。みしり、と畳が大きくたわむ。

「クズの息子が、なめやがって！」

和室に入った戸部さんは逃げようとする大哉の体をつかむと、手を振り上げた。

——パシンッ。頰を打つ鋭い音に俺は身をすくめる。火がついたように泣き出した大哉は、金切り声で「お父さん」と救いを求めた。

理想化された「お父さん」に不可能はない。助けを呼べばすぐに駆けつけ、悪者をやっつけてくれる。大哉は今、その幻想にすがるしかない。

「お前はあのクズのほうがいいっていうのか、えぇ？」

戸部さんが大哉の肩を激しく揺さぶった。雨が段々に強まっていく中、俺は必死で祈る。

――お父さん、早く出てきて。大哉を助けて！

「お父さぁん！」

響き渡る絶叫。窓を閉めることでそれを封じ込めた戸部さんは、壁際に置かれた木刀に手を伸ばした。

俺はひっ、と息を詰めた。

片手で木刀を振り上げる戸部さん。四つん這《ば》いになって逃げようとする大哉。思い描き、怖気をふるった景色が、今、目の前にある。

「やめて……」

叫んだつもりの声は、木刀が風を切る音よりも小さかった。

容赦のない一撃が大哉の肩を打ち据える。崩れるようにその場に倒れた大哉のすすり泣きは、激しさを増した雨音にのみ込まれる。

「これはしつけだ」

また木刀が肩に振り下ろされた。大哉はもう、悲鳴を上げることさえできずに、力なく横たわっている。

このままでは大哉が殺されてしまう。お父さん、お母さん、大哉を助けて！　誰か、誰か助けて——。

かぞくまもれ。

爪を立てられた痛みとともによみがえったのは、冷たい手がぎこちなく背中を叩いた感触だった。

萎えた両足に力を込めて立ち上がる。

誰かじゃない。俺が大哉を守らないと。俺が……俺が！

「やめろ！」

叫びながら突進し、戸部さんの腕にしがみつく。全体重をかけて押さえ込むが、呆気《あっけ》なく払われて尻もちをつく。

「どいつもこいつも、なめた真似しやがって……」

戸部さんは赤黒い顔で俺を見下ろした。

木刀が振り上げられる。とっさに両手で頭をかばったその時、がたんと窓が揺れた。

「あ？」

動きを止め、窓を見やった戸部さんは怪訝な声を上げた。

白く曇ったガラスには手形が——、大きな手形が二つ、並んで浮き上がっている。

窓はひとりでに開いた。畳がぎしりと沈み込み、沼のにおいが強く漂った。

二〇一九年
二月二十五日

事件の直後、一時保護所に連れて行かれた俺と瑠那は、大哉の葬儀が終わると、家に帰されないまま児童養護施設に移された。大哉の死と戸部の逮捕により母の状態はひどく不安定になり、子供の面倒を見る余裕はないと判断されたからだ。

俺より一年先に児童養護施設を退所した瑠那は、高校卒業後に就職した介護施設を数か月で辞めると、以来、職場を転々としていた。

半年ほど前からは、S市内の家電量販店で販売員をしていると瑠那は語った。その店に戸部が訪れた。

品出しをしていた瑠那は、特価品の電子レンジを眺める戸部を見かけて愕然としたが、向こうは瑠那に気づかなかった。

電子レンジを購入した戸部は店のポイントカードを作った。戸部が店から出たあと、瑠那は同僚の目を盗んで戸部が記入した書類を見た。

そこに書かれていた住所は、曾祖母《そうそぼ》の家のものだった。

建つけの悪い戸を忌々しそうに開けた戸部は、庭でナイフを構える男の姿に気づくと、仰天して体をのけぞらせた。

伸びた髭《ひげ》、土気色の肌。十二年前は筋肉だったものは贅肉《ぜいにく》に換わり、黒々としていた髪は薄くなっていた。しまりのないその姿に、憎悪が一層かき立てられる。

「出て行け」

切っ先を戸部に向ける。量販店のアウトドア用品売り場で買ったナイフは、折り畳み式ながらも十分に威圧的な刃渡りを備えていた。

葬儀後、母は大哉の遺骨を埋葬せず自分の手元に残した。この家にはまだ大哉がいる。戸部がいつから転がり込んでいるのかは知らないが、もう一秒足りともこいつがこの家にいるのは我慢ならない。

「もう二度と母に……俺たちに関わるな」

「お前……亮介か」

目を見張った戸部は、立ち尽くす母にちらりと視線を向けた。自分との同居を母が俺に教えたと疑ったのだろう。母は「違う」とでも言うように必死に首を横に振った。

「出て行けよ。今すぐに」

火葬場で見た大哉の骨はどれもバラバラに砕けていた。火葬の高熱によってそうなったのだと葬儀社の職員から説明を受けたが、俺にはそう思えなかった。

大哉の頭に振り下ろされた一撃。あれが大哉の命を、すべてを、無残に砕いたのだ。

「お前たちのせいで俺の人生はめちゃくちゃになったんだ。母親が責任を取るのは当然だろう」

戸部は憎しみのこもった目で俺をにらんだ。こいつは、大哉を殺《あや》めたことにこれっぽっちも罪の意識を持っていない。腹の底で激しい怒りが渦巻く。

「出て行かないなら、殺す」

逮捕されて以来戸部は、しつけのために肩を打ったものの頭は狙っていない、手が滑って当たってしまっただけだと主張し続けた。

結局、殺意があった証拠はないとされた。傷害致死で立件された末の判決は、懲役九年。

大哉を殺めた代償が、たったの九年――。

施設の職員により判決を聞かされた時、俺は呆然とした。無残に奪われた大哉の一生と、その罰が等しいとは到底思えなかった。だが、たとえ戸部が死刑になったところで納得などできない。大哉の死に釣り合う罰なんて、この世に存在しない。

「殺すだって？」

戸部は嘲るような笑い声を上げた。手に持っていたコンビニの袋を畳に落とし、たるみ切った胸をぐっと張る。

「できないだろう、お前には。そんな根性、お前にあるもんか」

その瞬間、怒りが爆《は》ぜた。土足のまま茶の間に乗り込んだ俺は、悲鳴を上げる母を押しのけ、戸部に迫った。

あの時、俺は戸部が大哉を打つのを止めようとしなかった。恐怖に身をすくめ、弟の命が失われる瞬間をただ見ていただけだった。兄ちゃんなのに、弟を守らなかった。

戸部が憎い。同じように自分自身が憎かった。

すべての憎悪と怒りをこめた刃を、たるんだ胸の真ん中へ——。

ふと友香《ともか》の顔が浮かんだ。「信じられない」とつぶやいた時の、あの化け物を見るような目……。

動きが鈍ったその瞬間を戸部は見逃さなかった。ナイフを持った俺の右手をつかんでひねり上げる。

関節を無理な方向に曲げられ、俺はナイフを取り落とした。戸部は俺を体当たりで突き飛ばすと、かがんでナイフを取ろうとした。

俺は戸部に飛びかかり、頭を押さえ込んだ。直後、左腿《ひだりもも》に激痛が走り、膝をつく。ナイフが引き抜かれた左腿から、真っ赤な血があふれ出た。

「なめやがって！」

戸部は俺の心臓を狙ってナイフを構え直した。しかし再び刑務所暮らしになることを恐れたのか、一瞬、動きが止まった。戸部の手にしがみついてナイフを奪い返す。とたん、視界が暗く覆われた。

顔面に押しつけられた座布団を跳ねのけた時には、戸部は窓から外へ出ようとしていた。俺は立ち上がり様に戸部の腰にナイフを突き立てた。が、刃は浅いところで骨に当たってそれ以上進まない。転がるように庭に出た戸部は、沼のほうへ逃げ出した。

左足を引きずりながらそのあとを追った俺は、戸部の服の裾をつかんだ。背中にナイフを突き刺すと、今度は深くまで入った。ぎゃっと悲鳴を上げた戸部は前のめりに倒れ、そのまま斜面を滑り落ちる。

「もうやめて!」

叫ぶ母の声を無視し、足を引きずりながら斜面を下る。立ち上がろうとした戸部は失血のためかふらつき、沼に横倒しに転落した。

迫り来る俺から逃げようと水中であがく戸部。沼に足を踏み入れた俺は、戸部の腕をつかんだ。

「……た、助けてくれ」

戸部は怯え切った表情で懇願した。

こいつを殺したところで大哉は生き返らない。これは大哉の弔いではなく、俺自身の怒りの発露に過ぎない。

——認めよう。俺は化け物だ。目の前にいるこの男こそが、俺の同族だ。

首筋にナイフを突き立てると、戸部はかっ、と短く息をもらして瞠目《どうもく》した。

すべてが鮮明だった。背中から倒れる戸部の首筋から、ナイフがずるりと抜ける感触。

あふれ出る血の赤さ。戸部の重さを受け、水面から飛び上がった飛沫《しぶき》の軌跡。

あぁ、と母の嗚咽《おえつ》が背中に届いた。

俺は血で滑り落ちかけたナイフをにぎり直す。濁った水越しに見える戸部の瞳からは、すでに光が失われていた。それでも体を内から焼く怒りは鎮まらない。

俺は永遠にこの黒い炎を抱えていかねばならないのか。絶望のままに仰いだ真昼の空は、無情なほど青く澄み渡っていた。

もうなにも考えたくなかった。すべてを終わりにしてしまいたかった。

かかげたナイフを自分の首に突き刺す。刃を抜くのと同時、ずるりと沼へ崩れ落ちる。

暗い水に沈みながら思う。大哉はきっと、あの美しい空の向こうにいるのだろう。でも俺は同じ場所へは行けない。俺が行くのは、冷たく汚れた沼の底……。

沼の水のすべての重量を引き受けたかのように、体が重たくなった。流れる血が、痛みが、意識が、濁った水に溶けていく。

体が浮き上がるような感覚……。それを感じた直後には、すでに沼の中央に立っていた。激しい雨が降りしきる中、波立つ水面を見回しても戸部の姿はどこにもない。

「こんにちは」

騒々しい雨音を通り越し、子供の高い声が響いた。振り返ると、和室の窓辺に大哉が立っていた。

「ここ、怪我してるね。痛そう」

顔をしかめた大哉は自分の首に触れた。つられて自身の首を触ると、手にべったりと血がついた。

沼から上がった俺は、よたよたと斜面を上がった。左足はうまく動かず、呼吸もしにくいが、腿の傷も首の傷も深手の割には麻酔をかけたかのように痛みが鈍い。

「あっ、足も血が出てる！　大丈夫？」

大哉が心配そうに首を傾《かし》げると、和室の戸が開いた。顔を出して大哉の様子を確認した母は、庭にいる俺には一瞥《いちべつ》さえ寄こさないまま去っていく。

「お名前は？　あの沼に住んでいるの？　ダイはねぇ、今日からこのうちに住むんだ」

これは死の間際の幻覚なのだろうか。弟の名を呼ぼうとするが、口から出たのは、言葉とはいえないうめき声だけだった。

「お喋《しゃべ》りできないの？」

上目遣いで尋ねた大哉の頰に手を伸ばす。

柔らかくて温かい。懐かしいその感触に胸が詰まった。

「おてて、冷たいね」

大哉はくすぐったそうに身をよじる。

――ぬまんぼ。

沼に棲《す》みつく化け物の名を思い出したその時、雨の勢いがふと弱まり、意識が途絶えた。


〈二〇〇七年〉

八月七日
ひとりでに窓が開く様を目の当たりにした戸部《とべ》は、ぽかんと口を開けて固まった。和室に上がった俺は、無防備に立ち尽くす体軀《たいく》に組みつき、力尽くで押し倒した。

不可視の不意打ちは戸部に受け身を取らせなかった。腰を打ち、無様に背後に倒れた戸部の手から木刀が離れる。

「お父さん!」

亮介《りょうすけ》が……十歳のころの自分が、上擦《うわず》った声を上げる。

「……はっ、なんだ?」

俺は混乱した様子で身を起こそうとする戸部の体にまたがり、太い首に両手を回した。

――ぬまんぼは雨が強く降っている間しか存在できない。雨が弱まると、その意識は途絶える。

――ぬまんぼが存在できるのは、かつて黒沼《くろぬま》であった場所だけ。埋立地の外には出られない。出ようとしても、体が固まり動くことができない。

――ぬまんぼの姿は人には見えない。大哉《だいや》だけが例外だ。

――ぬまんぼが触れられるものは限られている。曾祖母《そうそぼ》の家の窓や壁、柱には触れられたし、茶の間の茶簞笥《ちゃだんす》やテーブルにも触れられた。しかし、過去の自分たちがアパートから持ち込んだ道具や新たに買い足した雑貨、あるいは曾祖母が遺したものでも、テレビなどの比較的新しい家電には触れられなかった。

ぬまんぼが触れられるのは、黒沼の埋め立て地内に長らくあったものだけ。そして、人の体だけだ。

これらはふいに訪れる大雨の時しか意識を保てない俺が、自分にできたこととできなかったことをすり合わせて推測したルールに過ぎず、真に正解かはわからない。

不自由で不確かな己の存在に苦労しながら、俺は過去の自分たちに接触し、戸部に関わってはいけないと伝えようとした。しかしその意図が通じることはなく、戸部が我が家を侵略し始めた。

茶の間で眠りこける戸部の姿を見た時、この男の息の根を止める千載一遇のチャンスだと思った。

あの時は失敗した。けど、今度はやり遂げる。こいつに生きる価値はない。

両手に力を込める。顔を真っ赤にした戸部は、獣のようなうなり声を上げると、体を横にひねって俺を畳に振り落とした。

戸部の手が木刀に伸びる。大哉を殺した凶器、二度と渡すものか。背中に飛びついて腕で首を締め上げると、戸部は突然上体を折り曲げ、俺を背負い上げた。

畳に叩《たた》きつけられた衝撃で、一瞬視界が暗くなった。揺れる頭を押さえて体を起こすと、戸部の手はすでに木刀をつかんでいた。

「やめろ！」

俺の言葉にならない吐息に、亮介の叫びが重なった。

戸部の前に飛び出した華奢《きゃしゃ》な体が、木刀の刀身に覆いかぶさる。ひしと全身で木刀を押さえ込む亮介の姿に、戸部は憤怒の叫びを上げた。

「ふざけやがって！」

頭を鷲《わし》づかみにされた亮介は、それでも決して木刀を離さず、戸部に凶器を渡すまいとした。

――そうだ。闘え。

誰も俺たちを助けてくれない。大哉を、家族を守れるのは俺たちだけだ。

俺は横合いから戸部に飛びついた。激しい揉《も》み合いになり、戸部の手が再び木刀から離れる。

「ちくしょう、なんなんだよ！」

戸部は俺を押しのけ庭へ飛び出した。あとを追い、その背中につかみかかる。

激しい雨が打ちつける中、取っ組み合った俺たちは、互いにぬかるむ地面に足を取られて転倒し、もつれながら斜面を転げ落ちた。

戸部の体が上に重なり、圧迫感にぐっと喉が鳴った。その音で探り当てたのか、はたまた錯乱の末の偶然か、戸部の両手が俺の首をつかみ、凄まじい力で絞め上げた。

「なんなんだよ、お前はぁっ！」

剛腕は剝がそうとしてもびくともしない。

どうあがいても、俺には家族を救えないのか……。絶望に目がくらんだその時、斜面を駆け下りる足音が聞こえた。

「お父さんを離せ！」

振りかぶられた木刀の切っ先が、灰色の空を刺す。騒々しい雨音にまぎれ、鈍い音が響いた。

＊

「……あ？」

　俺を見返した戸部さんは、後頭部に手をやろうとして、そのまま背後に倒れ込んだ。意識は失っていない。しかし動くことができないようで、半開きのまぶたをピクピクと震わせた。

　見えない手が、戸部さんの両足を抱え上げる。戸部さんは小さくうめくだけでなすがまま、ずるずると沼に向かって引きずられた。

　大人二人の進入に沼は白い飛沫を上げた。体のほとんどを水中に引き込まれ、もはや陸地に残るのが頭だけとなった戸部さんは、目だけで俺を見上げた。

　恐怖と哀願を映す瞳の中に、木刀を振り下ろした体勢のままの俺がいる。

　俺は手から木刀を落とし、その場に座り込んだ。

　お父さんと一緒ならなんだってやれる。木刀を振り上げた時のあの勇気が、今は体のどこにも見つからない。

　――かつ。

　激しい雨の中、かすかに輪郭を浮かび上がらせるお父さんは、戸部さんをそのままに沼から上がると、ずっ、と足を引きずりながら俺に近づいた。

両目が濡れた感触に覆われる。

見ないでいいと、そう言われた気がした。

俺はお父さんの手に自分の手を重ねた。暗闇が訪れ、濡れた手がするりと俺の手の下から抜け出す。

固く目を閉じ、聞こえる音、感じるにおいのすべてを意識の外に追いやる。

そうしていればきっと、恐ろしいものは全部、黒沼がのみ込んでくれると信じて。

V

〈二〇〇九年〉

【三月二日】

ついに三冊目に突入。

日記をつけるようになったのが、二年前の三月の終わりごろだから……だいだい、一年に一冊のペースでノートをうめていることになる。

真新しくてキレイなページを見ていると、ここには明るいことだけを書こうって気になってくる。

決めた。このノートは悪口禁止。二冊目みたいに、お母さんやクラスメイトへの文句でびっちり……なんてことには絶対にしない。

【三月四日】

お母さんにはホントうんざり。

今日の夕ご飯は菓子パンだけだった。べつにそれはかまわない。うちにはお金がないんだから、ゼイタクを言うつもりはない。

嫌なのは「ちゃんとしたものを食べさせてあげられなくてごめんね」なんて言って、お母さんがしくしく泣き出すこと。そんな姿を見せられると、こっちは気まずいし落ち着かない。弟たちも不安そうにしてた。大哉《だいや》なんて特に。

「ごめんね。薬を飲めば落ち着くから」

お母さんは、私たちの目の前でクリニックからもらった薬を飲んだ。

いちいちわざとらしくて腹が立つ。自分はこんなにつらい思いをしているんだって見せつけているみたい。


【三月十六日】

今日、初めて岡江《おかえ》さんとまともに話した。保護者会の欠席届を落としたら、岡江さんが拾ってくれた。

「渡瀬《わたせ》さんちって、母子家庭なの？」

保護者の名前欄を見て気づいたらしい。普通はみんな、ここにお父さんの名前を書くけれど、うちはお母さんの名前を書いている。

母子家庭であることは隠していない。フツーに「うん」って答えたら、笑って「うちもだよ」って返された。

岡江さんは茶髪で化粧もしていて、スカートも短く切っている。先生にはいつも反抗的だし、たまに学校をさぼりもする。

だから今まで怖い不良だと思って避けていたけど、ちょっとだけ親近感がわいた。

新学期、同じクラスになれたらうれしいかも。

四月九日
着慣れない詰襟のせいで息が詰まる。下駄箱の前でもぞもぞと襟をいじっていると、和《わ》久《く》が「おっす」と背中を叩《たた》いてきた。クラスメイトの和久は入学初日から、後ろの席に座る俺に対して気軽に接してくる。

おはようと返すと、和久は「部活体験、渡瀬はどの部に参加する？」と尋ねてきた。

今日から一週間、俺たち新一年生は部活体験の期間に入る。興味のある部活動に参加し、実際の雰囲気や練習内容を知った上で入部する部を決めるのだ。

「どこにも。俺、部活には入らないから」

部活動の紹介が書かれたプリントには部費についての記載があった。運動部では一番額が低い陸上部とバスケ部でも、月千円がかかる。今のうちにはきつい額だ。

「なんだよ、もったいない」

和久は不服げに俺の姿を眺めた。

「その身長なら、どの部からも歓迎されるのに……」

それまで平均の内に収まっていた俺の身長は、六年生になるとぐんぐんと伸び始め、今では一七〇センチに迫っていた。三日前に行われた入学式では、一年の列の中で俺の頭だけがにょきりと突き出ていて、少し恥ずかしいような気がした。

「俺はバスケ部に入るつもりなんだ。なぁ、一緒に入部しようよ。その背をいかそうぜ」

俺たちは通っていた小学校が違う。だから和久は当然、俺が一時期バスケ部に入っていたことを知らない。

「無理だよ。俺、バスケってあんまり合わないんだよね。小五の時にバスケ部に入っていたんだけど、三か月でやめたんだ」

夏休みのあの日以降、練習に参加できる状況ではなくなったし、そもそもバスケに対する熱意も消えていた。学校が始まっても練習を長らく休んでいると、顧問の先生から「そろそろ練習に参加してみないか？　体を動かしてみると気持ちがすっきりするぞ」と言われたが、俺はその場で退部の意思を伝えた。部室に置きっぱなしにしたバスケットシューズがどうなったのか、俺にはわからない。

「ふぅん、残念だな。でもさ、バスケ部じゃなくても運動部には入ったほうがいいよ。運動部に入ってない男は、ダサいやつだって下に見られるぞ」

和久にはなんの罪もない。けれど、かつて戸部が口にしたような言葉は、部費の心配なんてこれっぽっちもしていなさそうなことと相まって、こちらの神経を逆なでした。

俺は詰襟のフックを外すことでいら立ちを逃す。

最近、いつもこうだ。周りの取り留めのない言動に引っかかって、一人でイライラしている。

「ダサいやつでいいよ。キツイ練習なんてしたくねぇもん」

教室に向かおうとすると、俺より一足先に登校した瑠那《るな》が、階段の横で話しこんでいた。相手は一目で不良とわかる女子だ。明るめの茶髪に膝上のスカート。たぶん、化粧もしている。

笑顔を見せているからには友達なのだろう。一年先に中学に上がった瑠那がどんな学校生活を送っているのか、俺はほとんど知らない。ああいうタイプの女子と仲良くしているとは意外だ。

瑠那が俺を見た。学校で家族と顔を合わせる。小学生の時には感じなかったその気まずさに、お互いさっと視線を逸《そ》らせるが、瑠那の友達は俺たちのよそよそしいやりとりに気づいたらしい。「あの一年、知り合い？」と、瑠那に尋ねる声が聞こえた。

「弟」

淡々とした答えに、友達は「へぇ、年子なんだ」と興味深げに俺を見た。

俺はうつむいて二人の横を通り過ぎた。隣を歩く和久にも二人の会話は届いたらしい。ちらりと瑠那を振り返ると、

「渡瀬って、姉ちゃんがいたんだ」

「うん。いっこ上」

「あんまり似てないな」

確かに年を重ねるにつれ、瑠那の容姿はますますお母さんに近づき、俺はお父さんに近づいた。顔だけを見れば、あまり姉弟らしくはないかもしれない。

「ってかお前の姉ちゃん、結構カワイイな」

にやついた和久のひそめ声に、なぜだかいらつきがぶり返した。

「どこがだよ」

乾いた笑いをもらした俺は、和久を振り切るように歩調を速めた。

斜面の下に立ち、黒沼《くろぬま》を見つめる。藻の浮いた水面は深い穴のように暗く、決して底をのぞかせることはない。

けれどこの沼にも確かに底があり、しかもたいして深くもないのだ。俺はそれを二年前に知った。

あの日、和室からお母さんの悲鳴が聞こえ、俺は両目を塞いでいた手をやっと離した。雨はいつの間にか止んでいた。目の前の沼にはお父さんの気配も戸部《とべ》の姿もなく、濁った水面は完全に沈黙していた。逃げるように和室に戻ると、ひどく混乱した様子のお母さんが、脱力した大哉を抱いていた。

なにがあったの？　どうしてこんなことに？　パニックに陥り質問を重ねるお母さんに、俺はとにかく大哉を病院に連れて行くよう頼んだ。

病院へは俺も同行したが、大哉とともに診察室に入ったのはお母さんだけだ。待合室で身を固くして待っていると、しばらくして大哉とお母さんが出てきた。

肩を太いバンドのようなもので固定された大哉は、ぐったりとしていたものの自分の足で歩いていた。骨にヒビが入っているが後遺症が残るような怪我ではないとお母さんから教えられ、俺はやっと肩から力を抜いた。

質問の嵐を覚悟していたが、帰りの車の中でお母さんはずっと黙ったままだった。混乱が治まり我に返ると、なにが起きたのか知るのが怖くなったのだろう。

しかし家に帰れば、表に置かれた戸部の車や食べ残した弁当、沼のそばに転がる木刀など、不穏な痕跡から目を逸《そ》らし続けていられなくなった。大哉を布団に寝かせたお母さんは、やっと俺に説明を求めた。

俺は帰ってきた戸部が、大哉の言葉に腹を立て、木刀で打ったと伝えた。けれど、その先になにが起きたのか、なかなか言い出せなかった。

木刀を振り下ろした時の感触がよみがえり、体が震えだしたその時、玄関から「ごめんください」という声が聞こえた。訪ねてきたのは、猪瀬《いのせ》さんともう一人の男性職員だった。

お母さんは医師に対し、自分の留守中に大哉が転んで肩を打ったと説明したようだが、ごまかしきれなかったようだ。医師の通告により、猪瀬さんたちは大哉が怪我したことをすでに把握していた。

「外に車が二台ありますよね？　玄関に男物の靴も。一緒に暮らしている男性がいるんですか？」

猪瀬さんの口調は丁寧だったが、視線の非難がましさは隠せていなかった。うつむいたお母さんは、観念したように戸部さんのことを話した。

ちゃんとした勤め人なんです。籍もきちんと入れる予定なんです。子供の教育にも熱心な人で……。

「今回のことも、ただしつけが行き過ぎたようで……普段はとても良い人で……」

「違う！」

俺はお母さんの言葉を遮って叫んだ。お母さんがいまだに戸部をかばおうとすることが許せなかった。

「あの人は良い人なんかじゃない。俺たちを木刀でぶった！」

お母さんは深くうなだれた。俺はお母さんから顔を背け、戸部が俺たちにしてきたこと、大哉を木刀で打ったことを訴えた。

「それで大哉君を打ったあと、その人はどこに行ったの？　仕事に戻った？」

自分がしたことを知られるのも、黙ったままでいるのも、どちらも恐ろしかった。唾をのんで逡巡《しゅんじゅん》したその時、「沼」と和室から小さな声が聞こえた。

「連れて行かれた、沼の国に……」

うわ言のような大哉のつぶやきに、大人たちはまず怪訝《けげん》な表情を浮かべ、それからどういう意味だと問うような視線を俺に向けた。

耐え切れず、俺はすべてを話した。何度もつっかえながら、沼から出てきたお父さんが大哉を、俺たちを救ってくれたのだと訴えた。

大人たちが呆気《あっけ》に取られているのはわかったが、ぎりぎりのところで水平を保っていた秤《はかり》が傾くと、言葉を留《とど》めることができなかった。

「逃げようとした戸部さんをお父さんがつかまえて、二人は揉《も》み合うようにして斜面を落ちたんです。戸部さんがお父さんの首を絞めたから、俺は……俺は……」

罪を告白して楽になりたかった。いや、違う。それは罪ではないと言ってほしかった。

「戸部さんの頭を木刀でぶったんです」

家族を守るんだ。お父さんと一緒に悪者をやっつけるんだ。そう思っただけで、決して殺そうとしたわけではない。ただあいつに消えてほしかった。俺たちの前から、一生。

「倒れて動けなくなった戸部さんを、お父さんが沼に引きずり込みました」

とまどい、あきれ、同情。事件のショックで錯乱し、荒唐無稽な作り話をする子供を見る大人たちの表情は様々だった。

児相はこの件は自分たちだけの手には負えないと判断し、警察を呼んだ。

家を訪れた警察も、最初は俺の話に困惑していた。しかし木刀から戸部の血痕が見つかり、戸部と連絡がつかないこと、近隣にも職場にもその姿がないことが確認されると、警察は念のためにと言って——もしかしたら戸部が沼に身投げした可能性を考えたのかもしれないが——、沼をさらうことにした。

胴長を着た警官が二人、沼に入った。固唾をのんでその光景を見守る俺は、二人が頭まで水にのまれる様を想像したが、水面の高さはせいぜい彼らの胸辺りまでしかなかった。

だが、それより驚いたのは、沼から戸部の死体が見つからなかったことだ。

結局、警察は戸部が虐待の発覚を恐れて逃亡したと結論づけた。一通りの捜索が行われたが、戸部が見つかることはなかった。

「亮介《りょうすけ》」

突然の呼びかけに俺ははっと背後を見た。茶の間の窓辺に立った大哉が「ご飯、もうすぐできるって」と手招きをする。

わかったと答え、再び濁った水面に目を向ける。あの日のすべては黒沼にのみ込まれ、永遠の秘密となった。

あとになって大哉から話を聞くと、戸部に打たれた時のことはよく覚えていないと言っていた。「しろぽんが助けにきてくれただろ?」と聞いても、「わかんない」と首を傾《かし》げるだけだ。

大哉は戸部が沼の国に連れて行かれたと言った。弟はお父さんが……しろぽんが戸部を沼に引きずる姿を見ていたはずだが、その光景はいつの間にか記憶の網目を抜けて消え去った。それはきっと、大哉にとって幸運なことなのだろう。

俺だって忘れてしまえばいいんだ。木刀を振り下ろした時の感触も、沼に引きずり込まれながら俺を見上げた戸部さんの表情も、沼の底に沈めてしまえばいい。

そう思うのにできないのは、お父さんとの思い出を手離したくないからだ。

ズボンのポケットに手を入れ、キーホルダーをにぎりしめる。俺にとってあの日の出来事はこのキーホルダーと同じく、お父さんを感じるためのよすがになっていた。

俺とお父さんは家族を守った。俺たちがしたことは、正しかった。お父さんが沼から出てきて、よくやったと俺の手をにぎってくれれば、そう思える。それなのに――。

「お父さん」

呼びかけは返事を得られないまま宙に消えた。

あの日以来、どれだけ大雨が降ろうとも、お父さんは沼から出てこなかった。危機が去った今、お父さんが俺に会いに来ることはもうないのかもしれない。

再び大哉が俺を呼んだ。俺は今度こそ沼に背を向け家に戻った。

茶の間に入ると、瑠那がテーブルにどんぶりを並べていた。めんつゆをお湯で薄めただけのスープにうどんが沈んでいる。具はなにも入っていない。

昨日の夜も同じものを食べた。その前日の夕食は菓子パンで、さらにその前日は違う味の菓子パンだ。

「お母さんは食べないの？」

大哉が和室を振り返った。布団に寝そべるお母さんは眠ってはいなかったようで、「いらない」と小さく答えた。俺は席に着き、自分の手元にどんぶりを引き寄せる。

「洗い物は亮介がやってね」

瑠那に言われ無言でうなずく。「じゃあ俺はお皿ふきを手伝うね」と大哉が機嫌よく言った。

事件の直後は、警察や児相が入れ替わり立ち替わりうちを訪れた。その対応に追われた夏休みは嵐のように過ぎ去り、戸部の消息が不明のまま秋が過ぎると、次第に外部からの干渉は治まっていった。結局のところ、戸部さえいなければ俺たちに危険はなく、警察や児相がうちに関わる理由はないのだ。

今度こそ四人だけの穏やかな暮らしが始まる。そう安堵《あんど》していたら、お母さんが体調を崩しだした。

それまでもお母さんは、クリニックに通って頭痛薬や睡眠導入剤を処方してもらっていたのだが、事件以降、薬の量も種類も増えた。めまいを起こしたり寝込んだりすることも多くなり、その症状は改善されるどころか、さらに重くなって今に続いている。

半年前、お母さんは休み休み続けていたクリーニング店の仕事をついに辞めた。今は派遣会社に登録し短期での仕事をしているのだが、このところはいっそう調子が悪く、ここ一週間は家にこもり切りだ。元々少ない収入がさらに激減した俺たちは、役所からの手当を頼ってどうにか食いつないでいる。

ふと和室からすすり泣く声が聞こえ、俺はぎくりとした。すかさず瑠那が乱暴にふすまを閉める。

「おい」

追いつめるようなことするなよ。そんな意味を込めて声をかけると、瑠那はちらりと大哉を見やった。大哉はお母さんの泣き声に気づかなかったらしく、夢中でうどんをすすっている。

気づかせたくないでしょ？　瑠那はそう言うように俺を見返した。

このところ、お母さんはふいに泣き出すことがあった。すると瑠那はいらだち、大哉は不安がる。そんな三人の姿を見ると、俺は足場が抜けるような感覚を覚える。自分とお父さんがしたことが、間違いだったように思えてしまう。

だって、なにもかもがうまくいっていない。お母さんは具合が悪くなってしまい、うちはますますお金がなくなった。瑠那は相変わらずお母さんに反抗的だし、俺は俺で気分が安定せず些細《ささい》なことに腹を立てている。

戸部が消えればすべてがうまくいくと思っていた。それなのに、どうして……。

「うどん、おいしいね」

大哉が笑った。昨日とまったく同じ内容の食事だというのに、その笑顔には少しも屈託がない。

二日連続の素うどんで満足できるなんて、単純なやつ。でも弟のその単純さは、俺の気分を少し明るくしてくれた。

俺たちがしたことは正しかった。俺とお父さんが大哉の笑顔を守った。そう自分に言い聞かせ、茹《ゆ》ですぎたうどんをすする。

夜、照明を消して布団に寝転がると、隣の部屋からカリカリとペンを走らせる音が聞こえた。瑠那が日記をつけているのだろう。面倒な習慣をよく続けていられるものだ。

ふと喉の渇きを感じて体を起こす。二十三時過ぎ。寝ている大哉を起こさないよう静かに台所へ向かうと、お母さんがテーブルに突っ伏していた。頭の横に蓋の開いた缶ビールが置いてある。

缶を持ち上げてみると、量は半分も減っていない。酒を好まないお母さんにとって、ビールはクリニックからもらう薬と同じようなものなのだろう。苦くて飲みにくいけど、心を楽にしてくれるもの。

「お母さん、起きなよ」

俺の呼びかけに、お母さんはのそりと青白い顔を上げた。

「布団で寝たほうがいいよ」

うん、とつぶやいたお母さんは、俺の腕を支えにして立ち上がった。ふいに寄せられた体の生温かさに背筋がぞくりとする。

いつからだろう。お母さんに触られたり、体を近づけられたりするのが苦手になったのは。たぶん俺の目線が、お母さんの目線を越したぐらいの時からだ。

「身長、伸びたのね」

まるで今気づいたかのように言ったお母さんから、さりげなく身を引く。しかしお母さんはより俺の腕に身を寄せた。

「早く大人になって、お母さんのことを助けてね」

【五月一日】

今日の体育は百メートル走の記録会だった。待ち時間中、岡江さんとお互いの母親のグチで盛り上がった。

「被害者ぶるところがムカつくんだよね。クズみたいな男と結婚したのも、そいつと子供作ったのも、離婚したのも、全部自分が選んだことじゃん。なのに、どうして私ばっかりがこんな目に合うの、って顔するの、ほんとにイヤ」

そう言う岡江さんの気持ち、すっごく理解できた。

私は最近、うちのお母さんは不幸でいないと落ち着かない、不幸依存症なんだと思い始めていたところだから。

【五月八日】

朝のホームルームのあと、廊下で先生が岡江さんの髪の色を注意していた。岡江さんはそれがかなりムカついたらしい。私に学校を抜け出して遊びに行こうって誘ってきた。友達と学校をさぼってどこかに行く。そういう不良っぽいことにあこがれる気持ち、少しはある。

けれど勇気が出なくて断ってしまった。そしたら岡江さんは「じゃあいいよ」とそっけなく言って、一人で学校を抜け出した。つまらない子だって思われたかも。


【五月九日】

お母さんが仕事に行きだした。工場で組み立て作業をしているらしいけど、やっぱり体はつらいみたい。すごく疲れた顔をしている。

明日の夜ご飯は、私が作ってあげようかな。

オムライス。前に一度作ったら、お母さん、おいしいって言ってたし。


【五月十四日】

最低。気持ち悪い。いい年したおばさんのくせに、あんなぶりっ子して。

男のほうも気持ちが悪かった。親切なふりして下心が見え見え。

あー、ほんと最低。

亮介は二人のあの感じ、全然わかっていないみたいだった。本当に鈍い。身長がいくら伸びても、中身はまだまだ子供だ。

六月四日

「俺も自分の部屋がほしい」

帰宅した俺を玄関まで出迎え、大哉はそう言った。どうせ友達に自室の自慢でもされたのだろうと思ったら本当にそのようで、鼻息を荒くしながら「勇紀《ゆうき》君は自分の部屋を持ってるんだよ」と語る。

「机もベッドも置いてあるんだよ。自分用のテレビもあるんだって。俺だってほしい」

「なら茶の間の隣をもらえばいいじゃん」

階段を上がりつつそう言うと、あとをついてきた大哉は「やだ。二階がいい」と言い張った。

「畳の部屋じゃなくて、床の部屋がいいんだよ」

「そんなこと言ったって、二階の部屋は空いてないだろ」

戸部が消えてから二階の部屋はそれぞれ、俺と瑠那のものになっている。自室に入ると、大哉は『部屋には勝手に入らない』という俺の言いつけを律儀に守り、扉の前で立ち止まった。

「この部屋、俺にちょうだいよ。亮介が一階の和室に移ればいいじゃん」

「やだよ。だいたいお前、自分の部屋を持ってどうするんだよ。宿題だって一人でやらないし、一人じゃ寝ることもできないだろ」

「寝られるよ」

大哉は勢い込んで言ったが、口だけなのはわかっている。「ねぇ、お願い」とうるさい弟を無視して着替えていると、瑠那が「ただいま」と帰ってきた。

「瑠那に頼めよ」

面倒になってそう言うと、大哉はどたどた階段を下りていった。俺にしたのと同じ要求を瑠那に繰り返し、「絶対に嫌」とすげなく断られている。

「床より畳の部屋のほうがかっこいいよ。忍者っぽいじゃん」

適当なことを言いながら一階に戻ると、仕事を終えたお母さんが帰ってきた。スーパーの袋を二つもぶら提げた姿に嫌な予感がする。

瑠那が顔をしかめた。

「田野井《たのい》さんが来るの？」

「うん。今日はとんかつだよ」

お母さんは脱いだ靴をそろえるふりをして、瑠那のきつい視線から顔を背けた。

「やったー！」

部屋のことなど忘れたように大哉は飛び跳ねた。瑠那はイライラとうなじをかきながら階段を上り、お母さんはそそくさと台所へ向かう。

お金のことを考えたら、いつまでも伏せっているわけにもいかない。そう言ったお母さんは、五月の連休が明けてから家電の部品を作る工場で働き始めた。

しかし無理が祟《たた》ったらしい。仕事終わりに体調が悪くなり、車の運転もできない状況に陥った。そんなお母さんを玄関先まで送り届けてくれたのが、田野井さんだ。

田野井さんは車を工場に置いてきたお母さんに、翌日の迎えまで申し出た。最初は母さんも遠慮していたけれど「気にしないでください」と何度も言われ、結局はお願いしますと頭を下げた。

その時、俺は単純に田野井さんは親切な人で、お母さんはその親切に仕事仲間として甘えているだけだと思っていた。だって田野井さんはおじさんというよりお兄さんという感じで、お母さんよりずっと若く見えた。だから送られてきたお母さんの姿に瑠那が不機嫌になったのも、いつもの通りのお母さんへの反発に過ぎないと思っていた。

その数日後、学校から帰るとお母さんが台所でから揚げを作っていた。手の込んだ料理を作っているお母さんの姿を見るのは久しぶりだったので、俺は驚いたしうれしかった。

しかし俺の直後に帰宅した瑠那は、料理をするお母さんを見るなり「田野井さんが来るの？」と表情を険しくした。

そこで俺はやっと、あの時と同じことが起ころうとしているのだと気づいた。

瑠那は母さんを責め立てた。信じられない。またなの？　男に浮かれて気持ちが悪い。

お母さんは泣いた。お母さんだって大変なの。支えになってくれる人がほしいの。どうしてお母さんの気持ちをわかってくれないの。

二人が言い合う声を聞いていると、脳みそが引っかき回されたみたいに、頭がぐらぐらした。体が熱くなり、視界がぼやけ、胸がむかむかして、大声で叫んでしまいたい衝動がわく。実際にそうせずに済んだのは、瑠那が俺より先に「ふざけんな！」と叫んで二階へ駆け込んだからだ。

三交代制で働いている田野井さんは、初めての食事以降、頻繁にうちに来るようになった。住んでいる社員寮より俺たちの家のほうが職場に近く、夜勤明けにひと眠りするのにちょうどいいらしい。

お母さんにはお父さんのことを忘れてほしくない。お母さんと戸部の交際が始まりかけていたころ、俺はそう願っていた。中学生になった俺に、あのころのような純粋さはもうない。田野井さんのために食事を作るお母さんの姿を前にし、あきらめがついてしまった。

お母さんは一人では生きられない人だ。そして、俺ではお母さんを支えきれない。田野井さんと付き合うようになってから、お母さんの体調は目に見えて良くなった。薬や酒に頼る回数は減ったし、急に泣き出すこともなくなった。

実のところ少し、肩の荷が下りたような気もしている。瑠那には絶対に言えないことだけど。

田野井さんがやってきたのは、夕食ができあがる前だった。大きな箱を持ってきたと思ったら、中に入っていたのはDVDプレイヤーだった。

「寮に寄って持ってきたんだ。ご飯を食べたら一緒に観《み》ようよ」

田野井さんがアニメ映画のDVDを渡すと、大哉は喜び、田野井さんにまとわりついた。最初のころ、大哉は田野井さんに対して緊張していたが、田野井さんが大哉の好きなアニメの話をし出すと、すぐに打ち解けた。

田野井さんは二十四歳だ。身長は高いが体つきは薄っぺらく、額や頬がつるっとしていて大人の男という感じがしない。漫画やアニメ、ゲームが好きらしく、そういう話で大哉と盛り上がる姿は友達同士のようだ。大哉が調子に乗ったことを言っても、怒ったり叱ったりせず、むしろ楽しそうに笑っている。

今もそうだ。ふざけた大哉が眼鏡を取り上げたが、田野井さんは不機嫌さを欠片《かけら》も見せず、「返してよー」とへらへら笑っている。

戸部とはなにもかもがまるで違う田野井さんに、大哉は安心して懐いている。けれど俺は……。

俺の視線に気づいた田野井さんから、すっと笑みが消えた。

「トイレ借りるね」

気まずさをごまかすように咳払《せきばら》いをして、田野井さんは席を立つ。

確かに田野井さんが現れて楽になった部分はある。けれどそれは田野井さんを受け入れているということでは決してない。

あの柔和な顔の下に別の顔が隠されているのではないかと、疑わずにはいられない。俺の不審を感じ取っているらしく、田野井さんのほうも俺とは距離を取っていた。

――かぞくまもれ。

手のひらに爪を立てられた時の痛みがよみがえる。

わかっているよ、お父さん。

油断はしない。気は緩めない。お父さんがいなくても、俺が家族を守ってみせる。


【六月九日】

母親が家に彼氏を連れてくるのがうざい。

トイレで岡江さんがそう言ってきたから、私もうちの話をした。岡江さんのお母さんの彼氏は、中年の太ったおじさんらしい。顔がいつも脂でテカテカしていて、同じ部屋にいるときつい体臭が漂ってくると言っていた。

「えらそうに説教ばかりしてくるんだよね。お前はまず、自分の腹をどうにかしろよ！」

岡江さんは家に帰りたくなくて、先輩や友達の家に転がり込むことも多いそうだ。

岡江さんは自分のお母さんの彼氏に比べたら、まだ田野井さんはマシだと言った。「だってまだ若いんでしょ？　オヤジ臭くないだけいいじゃん」って。

若くても臭くなくてもマシだとは思えない。だって田野井さんはあいつに少し似ている。


【六月十一日】

亮介とケンカした。まだ背中がズキズキする。

私が田野井さんのことで文句を言ったら、お母さんはまたお決まりの、めそめそと泣いて自分の不安や苦労を訴えるという手を使ってきた。

お母さんは自分の弱さを隠そうともしない。むしろそれを利用して、こっちに罪悪感を抱かせようとしてくる。しかもたぶん、無意識に。

私はお母さんのそんなところが大嫌い。でも、亮介はお母さんの弱った姿を見ると、自分がかばってあげなきゃと思うらしい。お母さんを責め立てる私に対し、怒ったように「いい加減にしろよ」と言ってきた。まんまとお母さんの手口にはまって、正義の味方ぶるあいつにもむかついた。

黙っててよ、と亮介の肩を押したら、あいつは大声を上げて私を突き飛ばした。突然のことに足の踏ん張りがきかず、タンスに思いきり背中をぶつけてしまった。

いつもならすぐに反撃するところだけど、あまりに驚いてぽかんと亮介を見返すと、亮介は私以上にびっくりしていた。

最初に手を出したのは私だし、すぐに謝ってきたから許した。けれど……。

あの時の亮介は、亮介のくせに、少し怖かった。

……ううん。あの時だけじゃない。亮介は時々、思いつめた顔で黒沼を見つめていることがあって、その時はいつも、なんだか空恐ろしい雰囲気を漂わせている。

亮介がそんなふうになったのは、戸部が行方をくらませてからだ。あとから事情を聞かされた私と違い、亮介は大哉が打たれる姿を目の当たりにした。

あの一件は、大哉よりも亮介のほうに深い傷を残したのかもしれない。あの時期の亮介は様子がおかしかった。お父さんが沼から出てきたとか、お父さんと協力して戸部を倒したとか、ありえない話をしていたけど、お母さんも児相の人たちも大哉ばかりに構って、ろくに亮介の相手をしなかった。

井岡《いおか》や戸部がいなくなれば、自分たちはそれなりに平和に暮らせると思っていた。けれど、現実はそうならなかった。

【六月十五日】

突き飛ばしたことを気まずく思っているのか、亮介は私を避けている。私のほうもなんだか話しかけづらくて、あれ以降、私たちはほとんど口を聞いていない。

なんだか変な感じ。子供のころはどれだけケンカしても、一晩経《た》てば普通に話せていたのに……。

明日から亮介は二泊三日の林間学習に出かける。帰ってきたら、私から話しかけてみようかな。


【六月十六日】

また田野井さんがきた。このまま泊っていくそうだ。空気の読めない男ってほんと嫌。

大哉は亮介がいないってさみしがっていたくせに、田野井さんが来たら急にテンションが上がった。今は二人でゲームをやっている。盛り上がっている声が二階まで響いてうるさい。

大哉は今日、私の部屋で寝るつもりらしい。「雨の音が怖いから、今日だけは瑠那の部屋で寝るね」だって。どうせ明日も私のところで寝るに決まっている。雨が降っていようが晴れていようが、大哉はまだ一人じゃ眠れない。

前まで大哉は一階の和室でお母さんと寝ていたけど、田野井さんが泊まりに来るようになると、亮介の部屋で寝るようになった。お母さんに「小学二年生になったのに、お母さんと一緒に寝るのは恥ずかしいんじゃない？」なんて丸め込まれて。ほんと、気持ち悪い。
あー、うなじがひりひりする。肌が荒れてしまったみたい。

【六月十七日】
今日は大哉と同じ布団で眠ろう。そうすればきっと、昨日みたいな悪い夢は見ない。

六月十八日
六年の時は旅費が払えず、修学旅行に行けなかった。だからその分、俺は今回の林間学習を楽しみにしていた。遠出するのも外泊するのも、俺にとっては滅多にない機会だ。
けれどいざ当日になると、野外でカレーを作っていてもオリエンテーションで森の中を巡っていても、胸がもやもやして楽しめなかった。
瑠那《るな》に肩を押された時、頭にぶわっと血が昇り、自分の身長や体重がとっくに瑠那を追い抜いていることを忘れ去った。我に返ったのは、瑠那が茶簞笥《ちゃだんす》に背中をぶつけた時だ。驚きと、少しの怯《おび》え。今まで瑠那とは何度もやり合ったけれど、あんな表情を向けられたのは初めてだ。あの顔をまた見るのが恐ろしくて、俺は瑠那を避けていた。

——とにかく、帰ったら瑠那に話しかけてみよう。

帰りのバスの中、そう心に決める。話題はなんだっていい。カレーのじゃがいもが生煮えだったことでも、担任が森で迷子になったことでも。とにかく一度話しかけてしまえば、すぐに元通りの関係に戻れるはずだ。俺たちなら。

解散式を終えて帰宅すると、大哉が一人でいた。俺を見るなり「お土産は?」と聞いてくる。

「あるわけないだろ。俺は旅行じゃなくて林間学習に行ったの。金だって持っていってないよ」

えぇー、とがっかりした大哉に「瑠那は?」と聞く。今は十七時過ぎ。お母さんはまだ職場にいる時間だけれど、瑠那は帰っていてもいい時間だ。しかし玄関に瑠那の靴はなく、二階にいる気配もない。

「まだ帰ってきてないよ」

友達と教室に居残ってお喋《しゃべ》りでもしているのだろう。そう思ったのだが十八時を過ぎ、お母さんが帰宅しても瑠那は帰ってこなかった。

「友達の家に行ってるんじゃないの?」

最初、お母さんはそう言っていた。しかし二十時を過ぎても帰ってこないとなると、さすがに心配になったらしい。携帯電話をにぎったお母さんは瑠那のクラスの学級名簿に目を走らせたが、すぐに途方に暮れた顔になった。

「どの子が瑠那の友達かわかる？」

名簿を見せられ、俺は首を横に振った。小学校の時ならまだしも、今の瑠那の交友関係はわからない。だがふと階段の下で瑠那と話していた茶髪の先輩の姿が思い浮かんだ。

「あの、名前はわからないんだけど……」

その時、携帯電話が震えた。もしもし、と電話に出たお母さんは怪訝《けげん》な顔になった。

「……はい、渡瀬《わたせ》です。……えっ、瑠那が？」

声音からただ事ではない空気を感じる。聞き耳を立てるが、相手の声はよく聞き取れなかった。

「……わかりました。すぐにそちらへ向かいます」

通話が切れた。すかさず「誰から？」と尋ねると、お母さんは近所にあるディスカウントストアの名前を答え、しわの寄った眉間を押さえた。

「……瑠那になにかあったの？」

恐る恐る尋ねると、重いため息が返ってきた。

「瑠那が万引きしたらしいの」

お母さんに連れられ帰ってきた瑠那は、俺と目を合わせないまま二階へ上がると、自分の部屋に閉じこもった。

疲れ切った様子で台所の椅子に座り込んだお母さんに、なにがあったのか尋ねる。

「あのね、実際に万引きしたのは瑠那じゃなかったの」

瑠那はあの茶髪の先輩、岡江《おかえ》先輩とディスカウントストアを訪れたらしい。

岡江先輩がヘアカラー剤を自分のカバンに隠し入れる時、瑠那はレジで会計をしていてその現場にいなかった。合流して店から出た二人を、一部始終を見ていた店員が呼び止めたそうだ。

「なら、瑠那は巻き込まれただけだよね？」

性格は悪くても万引きなんてするやつじゃない。岡江先輩が勝手にやったことの巻き添えになっただけに決まっている。

「そうみたい。紗枝《さえ》って子も、瑠那には言わず一人でやったことだって話したそうよ」

瑠那は注意だけで済まされたが、岡江先輩は警察に引き渡されたそうだとお母さんは話した。

「まったく、万引きするような子と付き合うなんて……」

頭を抱えたお母さんを残し、俺は二階に上がった。瑠那の部屋の前に立つが、なんと声をかければいいのかわからなかった。

そのまま立ち尽くしていると、瑠那がすすり泣く声が聞こえた。

「……ただいま」

そう言ってみたが返事はない。俺は肩を落として自分の部屋に引っ込んだ。

七月九日

あんなことがあったのだから、瑠那は岡江先輩と距離を取るだろうと思っていた。しかし俺やお母さんの予想とは裏腹に、あの日以降、二人はますますつるむようになった。

瑠那は髪を染め、化粧をし、岡江先輩と一緒に授業を抜け出すようなった。どうやら岡江先輩や、先輩の年上の友達の家に入り浸っているらしい。うちにはほとんど寄りつかず、帰ってきても自分の部屋に閉じこもってばかりいる。

お母さんは怒った。しかしいくら叱っても瑠那が態度を改めないでいると、「ただの反抗期よ。そのうち落ち着くわ」と、瑠那の非行を放置するようになった。

二人はとことんお互いを避けるようになった。結果として瑠那がお母さんを責めることも、お母さんが瑠那を叱ることもなくなり、我が家には偽物の平穏が訪れた。

風呂を終えて茶の間に入ると、大哉《だいや》が田野井《たのい》さんから借りたゲームで遊んでいた。

俺は開いた窓のそばに座る。涼を求めていたのだが、外から漂ってくるのは、沼の腐臭をはらんだ生温い空気だ。

「あっ、充電が切れた」

田野井さんは充電器までは置いていってくれなかったらしい。しぶしぶとゲーム機を手離した大哉は、和室に入ってがさごそとおもちゃ箱を漁《あさ》ると、ノートを取り出した。

「亮介、迷路を描いて。難しいやつ」

最近、迷路にはまっている大哉が差し出してきたのは、保育園のころに使っていた落書き帳だった。

「いいけど……その落書き帳、描くとこ残ってる?」

わかんない、と渡された落書き帳をパラパラとめくる。思った通り、どのページも大哉が描いた絵で埋まっていた。

「大哉、別のノートを……」

言いかけたその時、大哉が二年前に描いたしろぽんの絵が現れた。「あっ、そうだ」と大哉が声を上げる。

「この前、しろぽんが夢に出てきたよ。亮介がお泊りに行った時」

「お前、しろぽんのこと覚えていたのか」

小学校に上がるころになると、大哉が想像上の友達と遊ぶことは一切なくなっていた。みみっちやぴぴすけたちとともに、しろぽんもまた、大哉の頭から消え去ったのだと思っていたが、そうではなかったようだ。

自分だけではなく、大哉の中にも確かにお父さんが存在している。その事実がうれしくて、思わず微笑《ほほえ》みが浮かぶ。

「どんな夢だった？」

「しろぽんが寝ている瑠那のこと、なでていた」

「……なでていた？」

俺はまじまじと大哉を見つめた。思い出したのは、濡《ぬ》れた手に初めて頬をなでられたあの夜の感触だ。

「うん。暗くてよく見えなかったけど、瑠那の横にしろぽんが座ってた」

困惑がじわじわと疑念に変わっていく。

しろぽんが瑠那をなでていた。しろぽんが座っていた。それは本当に大哉の夢の中での出来事だったのか。あるいは、まさかあの時と同じように……。

「大哉、よく思い出してみろ。お前、その時本当に眠っていたのか？　目が覚めていたんじゃないのか？　ぜぇぜぇってかすれた息遣いの音が聞こえたり、沼のにおいを感じたりはしなかった？」

「えぇー、よくわかんない。ねぇ、早く迷路を描いてよ」

「その夢は俺がいない二日間のうち、どっちの日に見た？」

肩をつかんで尋ねると、大哉は首をひねって記憶を探るようにしてから、「初めの日」と答えた。

林間学習の一日目。隣の県にある宿泊先の天気は一日中晴れだった。でも、こちらの天気はどうだっただろう。

「その日、雨は降っていた?」

これにはすぐに「うん」と返ってきた。

「雨がざぶざぶ降っていて、その音がすごく怖かった」

俺は黒沼を振り返った。沼はいつもの通り、ただ静かに水を湛《たた》えている。

がたん、と二階から扉が開く音が響いた。廊下に出ると、バッグを肩から提げた瑠那が階段を下りてくる。

岡江先輩に呼び出されたのだろう。先輩の年上の友達の伝手を使ったのか、いつの間にかプリペイド式の携帯電話を手に入れた瑠那は、それで先輩と連絡を取り合っていた。

「瑠那、あのさ……」

瑠那は俺を無視して玄関から出た。台所にいるお母さんにも瑠那が出かける気配は伝わっただろうが、顔を出すことさえしない。

俺はサンダルをつっかけて瑠那のあとを追いかけた。

「瑠那、待って」

追いついて隣に並ぶと、瑠那は歩みを止めないまま「なに？」と面倒そうに眉を上げた。

「あのさ、俺が林間学習に行った初日、大哉と一緒に寝たんだろ？」

瑠那はぴたりと立ち止まって俺を見返した。夜に浮かび上がる白い顔に表情はない。

「……それがなに？」

再び歩き出した瑠那はうなじをかいた。香水か整髪料か、髪から漂う甘ったるいバニラのにおいに、俺はとまどう。目の前にいるのが、見知らぬ人であるような気がした。

「その時、しろぽんが瑠那のところに来たかもしれないんだよ。大哉がしろぽんの姿を見たって言うんだ」

たじろぎつつもそう言うと、瑠那は「しろぽん……」と繰り返した。

「そう、しろぽん。お父さんだよ。前にも話しただろ。大哉の友達のしろぽんはぬまんぼのことで、ぬまんぼは俺たちのお父さんなんだって。――なぁ、寝ている間、湿った手に触られたような感触はなかったか？」

瑠那が顔をゆがめた。その時、坂を下ってきた車のライトが当たり、俺はまぶしさに目をくらませた。

車が通り過ぎて視界が平常に戻ると、瑠那はすでに坂を上り始めていた。俺は慌ててそのあとをついていく。まとわりつくような夜の熱気に、せっかく洗った体から汗が滲《にじ》みでてきた。

「信じられないかもしれないけど、あの時は、本当に沼から出てきたお父さんが大哉を助けてくれたんだ。お父さんはたぶん最初から……俺たちが戸部《とべ》に出会う前から、あいつが大哉に危害を加えることをわかっていたんだと思う」

その危険をどうにか知らせようとして、お父さんは俺や大哉に接触した。

「今度は瑠那にそうしているんだよ。田野井は危ないやつなのかもしれない。そのうち俺たちに暴力を振るい出すのかも……」

「いい加減にしてよ」

瑠那は足を止めて俺をにらんだ。坂の上にいる瑠那と、途中にいる俺で目線の高さはほとんど同じだ。

「わけのわからない話はもうたくさん。湿った手に触られる感触？　そんなの知らない。全部あんたのバカげた思い込みだよ」

「でも、大哉はお父さんの姿を見たって言うんだ。瑠那は眠っていて気づかなかっただけじゃないか？」

振り上げられたバッグから水色のノートが飛び出した。とっさに身をすくめるが、瑠那は容赦なく俺の頬にバッグを叩《たた》きつけた。

「なにするんだよ！」

頬を押さえて瑠那をにらむ。肩で息をする瑠那は、道に落ちた水色のノートをじっと見据えた。

「あの人が大哉を助けにくるなんて、絶対にありえない」

「ありえたんだよ。姿は見えなかったけど、確かに俺はお父さんと一緒に戸部と戦ったんだ！」

堂々巡りのやりとりがもどかしく声を張り上げると、瑠那は俺以上に大きく「違う！」と叫んだ。

「そういうことじゃない！　他人の子供を助けに来るような人じゃないんだよ、あいつは！」

意味がわからず、ただ眉をひそめた俺を瑠那は鼻で笑った。

「自分の父親だけは戸部や井岡《いおか》と違うと思ってた？　同じだよ。あいつも同じようなクズだった。自分勝手にキレて私たちを殴った」

「そ、そんなのありえないよ。だって俺、そんなこと、全然覚えていない……」

やっとのことでしぼり出した声はひどく震えた。覚えていない。覚えているのは、二人で海へ行ったこと。プリントシールを一緒に撮って、キーホルダーを買ってもらったことだけ……。

「覚えてないのは当然かもね。ぶたれたのは私とお母さんだけで、あんたはやられていなかったもん。あんなクズでも血がつながった子供だけはそれなりに可愛かったみたい。そういう自分本位なところも、井岡と同じだ」

「血のつながった……」

なんだよ、その言い方。そんなのまるで……まるで……。

「あいつは私に何度も言った。他人のガキのくせに、俺に面倒をかけるなって……」

瑠那は俺の手を乱暴に取ると、自分のうなじを触らせた。指先になにかが引っかかるような感触がある。

「ここ、引き攣《つ》れているのがわかる？　この傷痕は、あんたの父親のせいでできたんだよ。私がお茶をこぼしたことにキレたあいつが、頭をつかんでテーブルの角に打ちつけたの」

その瞬間、お父さんとプリントシールを撮った記憶を思い出した時のような唐突さで、幼い瑠那の泣き顔が目に浮かんだ。

火がついたように泣き叫ぶ瑠那。そのうなじからは、赤い血が流れている。

「うるせぇ！　黙らせろ！」

お父さんが瑠那を抱きしめるお母さんを蹴った。——違う。こんなのは本当の記憶じゃない。こんなお父さんの姿なんて、俺は絶対に見たことない。

手を振り払うと、瑠那の口調はますます凶暴さを増した。

「すごく痛かった。血が止まらなかった。私が病院に行っている間、あいつはのんきにあんたを連れて海へ遊びに行った」

「嘘《うそ》だ」

俺は首を横に振った。もうやめてくれ。そんな話は聞きたくない。

「怒ったお母さんは、帰ってきたあいつに出て行くよう言ったの。そしたらあいつ、あっさり出ていったんだよ。眠っているあんたを残して」

「……出て行った？」

衝撃が体を突き抜ける。

ノートを拾い上げた瑠那は、勝ち誇ったように告げる。

「あんたの父親が車ごと川に落ちて死んだなんて話は、全部お母さんの嘘。——生きてるんだよ、あいつは。沼から出てくるなんて、絶対にありえない」

七月十六日

ならば沼から出てきたものの正体はなんだったのか。

ぬまんぼという化け物が本当に存在するのか。それとも俺が感じたすべてのものは大人たちが言った通り、ストレスによる錯覚だったのか。

あの日、走り去っていく瑠那を見送った俺は、あらゆる疑念をキーホルダーとともに黒沼に投げ捨てた。なにもかもがどうでもよかった。

あれから瑠那はますます家に寄りつかなくなり、学校にもほとんど姿を見せなくなった。

お母さんに何度か学校から電話がかかってきたが、今のところは無視を決め込んでいる。

チャイムが鳴るとともに授業が終了した。次の授業は音楽。教科書を持った俺は、一人で二階の音楽室に向かう。

あと一週間ほどで夏休みに入る。教室に漂う浮かれた雰囲気に、俺はなじむことができない。夏休みの予定を楽しげに語るクラスメイトと自分の間に、高い壁があるような気がした。

階段を上がり切ると、授業を終えた二年生が音楽室から続々と出てきた。その中には岡江先輩の姿もある。そのまますれ違おうとしたら「ねぇ、ちょっと」と呼び止められた。

「瑠那って昨日、家に帰ってきた？」

昨夜、俺が寝るまでの時間に瑠那は家に帰ってこなかった。しかし今朝、玄関には瑠那の靴が並んでいた。夜中のうちに帰ってきたようだ。

俺がうなずくと、先輩は「瑠那、どんな感じ？」と尋ねてきた。質問の意味がわからず首を傾《かし》げると、

「私のこと、怒ってない？　全然、電話に出てくれないんだよね」

昨夜、瑠那は先輩のアパートに泊まろうとしたようだ。しかし先輩が母親とひどく揉《も》めたため、二人は夜中にアパートを出ざるをえなかった。先輩は年上の男友達が暮らす部屋に行こうと瑠那を誘ったのだが、瑠那は嫌がった。その時、危ないだの危なくないだのと言い合いになり、瑠那は怒って立ち去ったそうだ。

「わからないです。瑠那とは顔を合わせていないんで……」

　俺がぼそぼそと答えると、先輩は「そっか」と肩をすくめた。

「じゃあさ、家に帰ったら電話に出るよう瑠那に言っておいてよ」

　瑠那とはあれ以来、一切会話をしていない。帰宅した俺は、気後れを感じつつも瑠那の部屋へ向かった。

「瑠那」

　扉の前から呼びかけると、ぎしりと床がきしむ音が聞こえた。しかし返事はない。

「開けるぞ」

　扉を開けようとするが、がたんとなにかが突っかかる。わずかに空いた隙間から、和室の押し入れで、ハンガーラック代わりに使っていた突っ張り棒が渡してあるのが見えた。

「閉めて」

　冷え切った声が聞こえ、俺は慌てて扉を閉めた。

「いや、なんか、岡江先輩から伝言を頼まれてさ……。電話に出てほしいって言ってたよ」

　言い訳がましく告げると、扉の向こうから「わかった」と沈んだ声が聞こえた。岡江先輩と揉めたことが相当こたえているようだ。

　とにかく、頼まれたことは終えた。そそくさとその場から離れようとすると、「亮介」と呼び止められる。

「なに？」

「……ごめんね」

答えを返さず自分の部屋に入る。無意識のうちにポケットに入れた手が、もうそこにはないキーホルダーを探していた。今さら謝られたって……。

知りたくなかった。一生胸の内に留めておいてほしかった。自分本位な考えだとわかりながら、瑠那を恨む気持ちが抑えられない。

大切に抱いてきた思い出は汚れてしまった。そもそも、美しいものでさえなかった。

俺はすべてのよすがを失った。この先なにを支えに生きていけばいいのか、もうわからない。

七月二十二日

校門を出ると、空は灰色の雲に覆われていた。帰路を急ぎ、たどり着いた家の前には、まだ田野井さんの車が止まっていた。

夜勤明けの田野井さんがうちに来たのは、俺が家を出る直前のことだ。和室で小一時間ぐらい眠ったら寮に帰って寝直すと言っていたが、結局そのまま居座り続けたらしい。

ため息とともに玄関の扉を開けると、大哉のランドセルが転がっていた。帰宅したとたんに放り出して遊びに出かけたようだ。田野井さんは眠っているらしく、家の中はしんとしている。

今の時間帯、お母さんは仕事のため不在だ。家主がいない家で眠りこける田野井さんの図々しさが無性に腹立たしく、俺はあえて大きな音を立てて扉を閉める。

今日も移動教室の際、岡江先輩と顔を合わせた。瑠那はまだ先輩からの連絡を無視し続けているようで、謝罪の気持ちを伝えてほしいと頼まれた。

瑠那はここ数日、朝から晩まで部屋にこもりきりだ。食事をまともに取っている様子もない。

このまま瑠那と岡江先輩との付き合いが切れれば、お母さんの心配は減るだろう。だが俺は夜遊びしていた時の瑠那よりも、今の瑠那のほうに不安を感じている。気落ちしている瑠那なんて、瑠那らしくない。

二階に上がると、瑠那の部屋の扉は大きく開かれていた。瑠那、と声をかけつつ中をのぞくと、瑠那の姿はどこにもなく、仰向けに床に転がる田野井さんがいた。

状況がのみ込めなかった。目を開き切った田野井さんはピクリとも動かず、その首と腹は血で真っ赤に染まっている。

……死んでいる。

衝撃は遅れてやってきた。震えでまともに立っていられず、ずるりと扉に寄りかかる。

どうしてこんなことに？　なにがあった？　――瑠那は？　瑠那はどこにいる？

「瑠那！」

転げるように階段を降りる。瑠那は無事なのか。田野井さんを殺した殺人者はどこに行った？　お母さんを……それより警察を呼ばないと。でも電話がない。近所の人に助けを求めなければ。

考えが定まらないまま茶の間に飛び入ると、開け放たれた窓に視線が引きつけられた。軒下に下げられた洗濯物の隙間から黒沼がのぞいた。沼のそばに立つ木の幹の陰に、瑠那が座り込んでいる。――よかった。瑠那は無事だ。

庭に飛び出した俺は瑠那を呼んだ。そして気づく。

木の枝に結ばれた切り裂かれたスポーツタオル……その端はさらに別のタオルと結ばれ、瑠那の首に巻きついていた。

声にならない叫びを上げ、斜面を駆け降りる。木の陰に回り、不自然な体勢で座り込む瑠那を見下ろす。

膝をつき、腰を浮かせた瑠那の両目は閉じられていた。首からタオルを外そうとするが、固く締まった結び目を解《ほど》くことができない。

瑠那の足元には血まみれのカッターが転がっていた。無我夢中でそれを拾った俺は、タオルの結び目の下に刃を突き刺す。押したり引いたりを繰り返しているうちに生地が裂け、瑠那はその場に崩れ落ちた。

「瑠那！」

俺は瑠那を膝に抱えた。体がずぶ濡れだ。早く救急車を呼ばないと。早く助けを、助けを……。

喉の奥から嗚咽《おえつ》がもれた。抱えた体の硬さと冷たさが、助けを求めても意味はないと非情に告げている。

力なく地に垂れた瑠那の左手。手首には数本の赤い線が平行に並んでいた。血はすでに渇いている。

首と腹から血を流す田野井さん。自ら手首を切り、首をくくった瑠那。その足元に落ちていた、柄まで血に染まったカッターナイフ。

なにが起きたかなんて、頭をひねらなくてもわかる。わかってしまう。

「どうして……」

そこまで憎かったのか。そこまで追い詰められていたのか。その時、ちゃぷんと沼から音が聞こえた。

はっとして振り返ると、濁った水の中に水色のノートが沈もうとしていた。

俺は瑠那を下ろしてノートに手を伸ばした。水を含んだ表紙をめくると、カラーペンで書き連ねられた文字が現れる。――これは瑠那の日記帳だ。

瑠那は俺に日記を読まれたくないだろう。だが、惨劇の答えがここにある気がした。張りついたページを破れないようそっとめくる。

書かれた日付を見ていくと、日記はほぼ毎日つけられていた。水に濡れたせいで字が滲み、ところどころは判別できなくなっていたが、内容は他愛もない。お母さんに対する不満、学校のことや岡江さんと仲良くなった経緯、俺や大哉についても書いてあった。田野井さんが現れた時期からは、お母さんと田野井さんへの文句が増えていく。

だが六月の半ば、俺が林間学習に行った翌日から様子が変わった。日付が頻繁に飛ぶようになり、それまで几帳面《きちょうめん》に書かれていた字がひどく乱れるようになった。

【六月十七日】

今日は大哉と同じ布団で眠ろう。そうすればきっと、昨日みたいな悪い夢は見ない。

【六月十八日】

家に帰りたくないと言ったら紗枝が付き合ってくれた。一人で外をうろつくのは心細かったから、すごくありがたかった。

でも、まさか私がカッターを買っている間に万引きをするなんて……。

警察に連れて行かれたけど……平気かな?

【六月二十一日】

突っ張り棒で部屋の扉が勝手に開けられないようにした。大丈夫。これでもう誰も入って来られない。

【六月二十六日】

夢だと思おうとしたのに、忘れようとしていたのに……。

さっき廊下ですれ違いざまに触られた。あいつの手が、あの夜みたいに背中から腰へ下がった。

カッターを見せつけてふざけんなって叫んでやろうと思った。けれど、茶の間から大哉たちの笑い声が聞こえ、体が固まった。

家にいるのが怖い。あいつの姿を見るのも、あいつに見られるのも気持ち悪い。

【七月九日】

亮介は自分の父親が私たちを助けてくれる存在だと信じ切っていた。

あの男の本当の姿を覚えていないくせに、お母さんの嘘を疑いもせず、お父さん、お父さんとわめく姿に腹が立った。おめでたい幻想をぐちゃぐちゃに壊してやりたくなった。

だから全部、ぶちまけた。一生自分の中だけに留《とど》めておくつもりだったことを、全部。

亮介は傷ついた顔をしていた。いい気味だ。

……嘘。本当は後悔している。


【七月十六日】

家に帰ってくるべきじゃなかった。紗枝の言う通り、友達の家に泊まらせてもらえばよかった。

車があったから、あいつが家にいるのはわかっていた。でも、どうせ眠っているだろうと思った。すぐに二階に上がって、自分の部屋に閉じこもってしまえば大丈夫だと思った。

けれどあいつが突然、トイレから姿を現した。

お母さんを呼ぼうとしたら、口をふさがれ、トイレに引きずり込まれた。

そして……。

もうぐちゃぐちゃ。誰にも自分の姿を見られたくない。

【七月十九日】

お母さんに話そう。私が亮介の父親に怪我《けが》させられた時、お母さんは怒ってあの男を追い出した。私と亮介を抱きしめて、「あなたたちのことはお母さんが守るからね」と言ってくれた。

お母さんは絶対にあいつを許さない。あの時の、優しくて強いお母さんに戻って、あいつを追い払ってくれる。

【七月二十一日】

亮介たちが学校に行ったあと、仕事に行く準備をしているお母さんに「話したいことがある」って切り出した。

けれど、喉が詰まるような感じがして、なかなか言葉が出なかった。

「もう出ないといけないから、あとにして」

そう言って出かけようとしたお母さんを、私は呼び止めた。

ちゃんと伝えなくちゃと思った。あいつになにをされたか、全部言おうとした。

「あのね、私ね…」

震える私の目の前に、お母さんがやってきた。

お母さんは手を伸ばした。そして、私の口をふさいだ。

うつむいたお母さんは、私の顔を決して見ようとしなかった。私に顔を見せようとしなかった。

小さな声で「いってきます」とだけ言うと、私を置いて家から出て行った。

お母さん、気づいているんだ。

気づいているのに、知らないふりをしていたんだ。

【七月二十二日】

今朝、あいつが来た。お母さんはあいつを追い返さなかった。私じゃなくて、あいつを選んだ。

私の父親は、お母さんの妊娠がわかったとたん、行方をくらませたらしい。亮介の父親も井岡も戸部も、私たちを殴った。そしてあいつは、私を……。

きっとどうあがいても、どうしようもないことなんだ。たとえお母さんとあいつが別れたとしても、どうせまたすぐに別の男がやってくる。

そして、そいつも私たちを苦しめる。一人では生きていけないお母さんは、そういう男を引き寄せる。

終わりはない。ずっとずっと、こんな人生が続いていく。

もう消えてしまいたい。自分のすべてを、この世から消し去ってしまいたい。

そういえば、亮介が言っていた。ぬまんぼが……自分の父親が、戸部を黒沼に沈めたんだって。警察が一応沼をさらったけど、戸部の死体は出てこなかった。

あの沼に沈めば、消えられるのかな。あんなにバカにしていた亮介の話を今は信じたいと思っている。


今、お母さんが仕事に出かけた。

行っちゃうんだ。私とあいつをこの家に残して……。

階段を上ってくる足音が聞こえる。もう無理。もう耐えられない。

終わりにしよう。あいつも私も消えれば、全部が消える。

あの感触も、記憶も、すべて消え去る。お母さんが私を見捨てたことも、なかったことになる。

カッターを買っておいてよかった。


震える手からノートが落ちた。瑠那の絶望が、暗い水の中に沈んでいく。

俺は一体、なにを見ていたのだろう。家族を守るだなんて思いながら、なに一つ見えていなかった。

瑠那の前に膝をつく。濡れた左手をそっと取り、そこに刻まれたいくつもの赤い線に触れる。

自分が跡形もなく消えることを願った瑠那は、沼の中で手首を切って命を絶とうとした。けれど、できなかった。

怖かったんだろうな。怖かったのに、それでも命を捨てずにはいられなかった。

日記には田野井が俺の父親に似ていると書かれていた。だから寝ぼけていた大哉は、瑠那の部屋に現れたあいつをしろぽんと見間違えた。

俺は自分の顔を覆った。日に日に父親に似ていくこの顔、瑠那を苦しめた男たちに近づいていくこの姿……。

こんなものは、もういらない。

横抱きにした瑠那の体は予想よりも簡単に持ち上がった。沼に足を踏み入れる。中心に向かうにつれ深さは増し、水面は胸を超えた。

——ぬまんぼでも、誰でもいい。

膝を折り、抱き寄せた瑠那とともに、生温い水の中へ身を沈める。

迎えにきて、俺たちを。沼の底でもどこでもいいから連れ去って。この悲しみごと、苦しみごと。

吐き出した息が気泡となって上がっていくのと反対に、重さを増した体は下へ下へと沈んでいく。底が抜けたかのように足元はおぼつかず、やがては天地の感覚も、体の境界も曖昧になった。

果てのない暗闇の中、俺と瑠那は一つになり、そして――。

俺は沼の中に立っていた。いつの間にか、バケツをひっくり返したような激しい雨が降っている。

腕の中にいるはずの瑠那の姿がどこにも見当たらない。呆然としていると、家のほうから物音が聞こえた。

振り返ると、見知らぬ老人が茶の間から顔を出していた。険しい視線で辺りを見回した老人は、しかし俺に目を留めることなくぴしゃりと網戸を閉める。

頭がうまく働かないまま、俺は沼から上がった。斜面を上って窓に近づくと、茶箪笥《ちゃだんす》から湯飲みを取り出す老人の姿が見える。がっちりした体つきをしているので男かと思いきや、どうやら女の人のようだ。

老人は乱暴な手つきで茶箪笥の戸を閉めた。その拍子に茶箪笥の横の柱にぶら下げられていた日めくりカレンダーが畳に落ちる。

チッと舌打ちをした老人はカレンダーを柱にかけ直した。

その日付は一九九七年七月二十二日――。
はっと息をのんだ俺は、震える手で自分の顔に触れた。
二年前に現れたぬまんぼの正体が、やっとわかった。

VI

《二〇〇七年》
二月二十六日

にわかに雨が降り始めた。トランクから段ボールを抱え上げ、急いで軒下に入ると、勢いを増した雨がバチバチと屋根にぶつかった。

和室から大哉の話し声が聞こえる。台所に段ボールを置いて様子を見に行くと、大哉は人の姿のない庭に向かって声をかけていた。

「あの沼に住んでるの？　ダイはねぇ、今日からこのお家に住むんだよ」

開いた窓から大粒の雨が入り込んでいる。窓を閉めるよう言おうとして、結局声はかけずに和室の戸を閉めた。荷解きの間は大人しくしていてほしい。空想の友達と遊んでいれば、私のほうに構ってと寄ってくることもないだろう。

台所に戻って段ボールを開ける。入っているのはアパートから持ち出した安物の食器や調理器具だ。まずは祖母が遺した食器棚……皿以外のものまでがごちゃごちゃと詰め込まれているあの棚を空にして、それから……。

――違う。こんなことをしている場合じゃない。

一刻も早く仕事を探さないと。就職先を見つけない限り、一時保護所にいる瑠那と亮介を取り戻せない。あぁ、そうだ。今日は新しく担当になる児相の福祉司が面談に来る予定だった。茶の間を片づけないと……。

額を押さえて息を吐く。頭痛がひどい。雨音がうるさい上、沼から上がってくるにおいが気になって考えがまとまらない。

――堕《お》ろしちまえばよかったのに。どうせそのうち、ポイと捨てちまうんだろ。自分の母親みたいに。

雨音にまじって祖母のしわがれた声が聞こえた。

瑠那の父親は、妊娠がわかったとたん、私から離れていった。お金も仕事もない中、赤ん坊だけを抱え、どうしたらいいかわからなかった。

憎い祖母以外、頼れる心当たりはなかった。感情を押し殺して電話をかけると、祖母はさも忌々しそうに呪いの言葉を吐き出した。

――違う。私は母のようにはならない。母とは違い、私は子供たちを心から愛している。あの子たちを手離すことは絶対にしない。

瑠那と亮介。きっと保護所でつらい思いをしているだろう。なんとしてでも連れ戻す。家族四人でやり直して、この家にしみついた苦しい記憶を幸福なものに塗り替えてみせる。

……でも……どうやって？

私が幸せになろうとして選ぶ道は、いつだって間違っていた。

——だってそもそも正解を知らないのだから、どうしようもない。

子供のころからずっと、ぬかるむ泥の上を歩くような気分で生きてきた。足が取られて前に進めないのに、立ち止まればたちまち沈んで息ができなくなる。いつだってつらくて苦しい。この荒野から抜け出す方法がわからない。

大哉がどたどた階段を駆け上がる足音が聞こえた。空想の友達と追いかけっこでもしているつもりなのか、「ちゃんと百まで数えてね！」と、二階から楽しげな声を響かせる。

ずきりと頭の痛みが増した。残り少ない薬を飲み、台所を出る。

茶の間は祖母が遺した品々と自分が持ち込んだ荷物で足の踏み場がない有様だ。この状態を見たら、福祉司は心証を悪くするだろう。

ため息をついて転がっていたウルトラナイトのフィギュアを拾い上げる。その時、ふと背後に気配を感じた。

はっとして和室を振り返る。鼻先に沼のにおいが強く漂った。

二〇一九年
三月十二日

救急車を呼んだのは隣の家の住人だった。俺と戸部が引き起こす騒ぎを聞きつけ外に出た隣人は、自分の首にナイフを突き刺す俺の姿を目撃し、仰天したそうだ。

意識を取り戻したのは三日後のことだ。さらに日を置き、病室を訪れた警察から事情を聞かれた。怪我の影響でほとんど声が出せない状態だったものの、俺は筆記で自分が戸部を刺し殺したことを正直に伝えた。

警察は明らかに困惑していた。俺が意識を失っている間に母からも同様の話をされたが、沼を探しても戸部の死体は見つからなかったという。

その後、声が出せるようになってからも取り調べを受けたが、警察はこの件を事件として扱うべきなのか、精神に不調をきたした男の自殺未遂とすべきなのか、苦慮しているようだった。

現場でナイフや戸部の血痕は発見されたようだが、肝心の死体はどこにもない。警察は俺と戸部の間に流血を伴う諍《いさか》いはあったものの、戸部は逃げのび、どこかに身を隠しているのではないかと考えているようだ。

この先どうなるのかわからないが、べつにどうなろうとも構わない。殺人者として捕まってもいいし、頭のおかしな自殺志願者だと思われてもいい。どうせ捨てそこなった命だ。

惜しむものも失うものも一つもない。

俺はベッドの中で目をつむる。

十二年前の天気など覚えていない。大雨がいつどのタイミングで降ったかなんて、逐一記憶に残っているものか。

だが、大哉が木刀で打ち据えられた時の天気だけは鮮明に覚えている。

あれは瑠那がキャンプに出かけた翌日のこと、雲一つない晴天だった。蟬《せみ》が競い合うように鳴く中、肩で息をする戸部の足元で、頭から血を流した大哉が横たわっていた。

大雨の日しか沼から出られないぬまんぼが、その瞬間に立ち合い、大哉を救うことはできない。脛《すね》に痣《あざ》を浮かべた十歳の自分を前にし、その瞬間が間近に迫っていることを悟った俺は、あいつに戸部を殺せと命じた。

しかし、ぬまんぼはその瞬間に現れた。雨が激しく降り注ぐ中、黒沼《くろぬま》から這《は》い出た俺は、うずくまる大哉と、木刀をかかげた戸部の腕にすがりつく亮介の姿を見た。

考えてみれば、事の発端は大哉が高熱を出したことによる。あれは戸部から与えられたストレスが原因の発熱だったのだろうが、俺が……ぬまんぼが現れたことにより、大哉の負荷はさらに増えたのではないだろうか。

大哉は当初、俺をしろぽんと呼び好意を見せていた。しかし俺が亮介と沼の前で接触した時には、俺に対して怯えている様子だった。きっとぬまんぼを危険な存在と見なしていた亮介が、なにかを吹き込んだのだろう。

戸部とぬまんぼ。大哉に負担をかける要因が複雑に絡み合い、発熱のタイミングが変わったのではないか。

目を開け、短く鼻を鳴らす。あるいは、すべてが意識不明に陥った俺の夢だったか……。ベッドの上で目覚めた時、ここは大哉が生きている世界なのではないかと期待した。

けれど違った。なにも変わってはいなかった。俺が帰ってきたのは、五歳の子供が命を奪われた腐った世界。希望なんて、一つもない。

ノックの音が響いた。返事をしないでいると、少しの間を置いて扉が開き、瑠那が入ってきた。

瑠那は俺が意識を取り戻した直後にも病室を訪れていた。しかしその時の俺はろくに会話ができる状態ではなかったため、顔を見ただけですぐに去っていた。

俺はのっそりと身を起こした。無言で近づいてきた瑠那は、ベッドの横の椅子に浅く腰かける。

二年ほど前、俺は瑠那に喫茶店へ呼び出された。

恋人と同棲《どうせい》するため引っ越しをするので、アパートの保証人になってほしいと瑠那は言った。その左目を囲う紫色の痣と、口の端の傷は、分厚い化粧でも隠しきれていなかった。

腹が立った。その怒りは瑠那を殴った恋人よりも、瑠那に対して強く向かっていた。

なぜそんな男と付き合っている？　詰問すると瑠那は言葉を濁した。その頼りなさげな表情が母を思い出させ、怒りはさらに増した。

「そうやって自分から不幸の道に進んでいくところは、母親と同じだな」

血は争えない。そう続けると、瑠那の顔色が変わった。

「じゃああんたも女を殴ってるわけ？」

「……え？」

困惑した俺を嘲るように、瑠那は語り始めた。

俺と瑠那の父親が違うこと、俺の父親は瑠那や母に暴力を振るっていたこと、事故で死んだのではなく、俺たちを捨てて家を出ていったことを。

「この怪我だってあんたの父親のせい。キレたあいつが私の頭をつかんで、テーブルに打ちつけたの。あいつは血を流す私を放って、あんたと海に遊びに行った」

瑠那は髪をかき上げ、うなじに残った傷痕を見せつけた。

養護施設を出て以来、瑠那とは元々疎遠になっていたが、それ以降俺たちは連絡を一切取り合わなくなった。

俺は父の形見と思って持ち続けていたキーホルダーをゴミ箱に捨て、瑠那に告げられた真実を胸の奥底にしまいこんだ。これに触れたら取り返しがつかないことになるとわかっていた。けれど——。

高校のころの同級生が結婚をしたのだと、友香《ともか》はうらやましげに言った。子供ができたのをきっかけに、しぶる男を説得して籍を入れたらしい。

「子供に結婚。人生の幸せを一気に手に入れたよね」

会ったこともない友香の友達にも、そいつらを無邪気にうらやむ友香にも、俺はいらついた。

「ろくに考えもしないで子供を作るなんて、そいつら無責任だよ」

「無責任じゃないでしょ。ちゃんと結婚したんだから」

きょとんとした顔で言い返した友香は、知らないのだ。この世には実の子を捨てる父親がいることも、自分の子供を殴る男と付き合う母親がいることも。

「どうせすぐに別れるに決まってるよ。そういうやつらが親になるくらいなら、生まれてこないほうがマシだ」

「……それ、堕ろしたほうがいいって意味？　本気で言ってる？」

友香は明らかに憤慨していた。俺が黙り込むとため息をつき、

「亮介ってやっぱり少し、ゆがんでいるよね。育ちのせいかな」

本気じゃない。俺にダメージを与えたいがための当てつけだ。わかっていながら、あふれ出るものを止められなかった。この激情を友香に思い知らせてやりたい。あの時、俺は間違いなくそう思っていた。

こぶしを振り上げると、友香は目を見開いた。驚きと恐怖。その表情に我に返った俺は、恋人に向けようとしていた憤怒の塊を壁にぶつけた。

「……信じられない」

化け物を見るような目で俺を見た友香は、さっと立ち上がって部屋から出ていった。俺はこぶしから流れる血を何度もシャツでぬぐうことで、収まり切らない衝動にひたすら耐えた。

「……もう死んじゃうんだと思った。意識がない時の亮介の顔、本当に真っ白だったから」

瑠那はサポーターに包まれた俺の首に視線を向けそう言った。なんと返せばいいかわからず黙ったままでいると、瑠那は小さく肩をすくめる。

「私、妊娠したの」

声も出せずただ瑠那の顔を見つめた俺は、分厚い化粧の下の痣が前に会った時よりも多いことに気づいた。

瑠那は母と同じ道を歩もうとしている。その先になにが待ち受けるのか知りながら、自分の子供に俺たちと同じ道を歩ませようとしている。

俺たちは、呪われた轍《わだち》を踏まずには前へ進めないのか。俺はうつむき、固くこぶしをにぎった。

「だから、あの男とは別れた」

決然と響いた声に顔を上げる。姉の強いまなざしは、まだ膨らみの見えない腹に注がれていた。

……そうか。白い顔に浮かび上がる痣は、戦いの痕跡なのだ。敗北ではなく、まぎれもない勝利の証《あかし》。

「この子は私が守る。絶対に私たちや、大哉みたいな目にはあわせない。……でも、不安だよ」

決意を湛《たた》えた瞳が揺れ、透明な雫《しずく》がこぼれた。瑠那が泣く姿を見たのは、大哉の葬式以来だ。

「私一人ではうまくやれないかもしれない。励ましてくれたり、怒ってくれたりする人がいないと、間違えてしまうかもしれない。——亮介、私を置いていかないで。逮捕されても刑務所に入っていてもいいから、生きていてよ」

涙をぬぐった手がそのままうなじに向かう。俺は十歳の自分にした時と同じように、瑠那の背中に手を回した。ポンポンと背中を叩《たた》くと、瑠那は嗚咽をもらして俺の肩に額をのせる。

戸部を殺せと命じた時、俺を父親と思い込む亮介は、できない、無理だと弱音を吐いた。こいつはまぎれもなく自分だと思った。十二年前、俺は木刀で打ち据えられる弟の姿を黙って見ていた。弟の命が奪われるその時に、恐怖に固まりなにもしなかった。

俺はお前だ。弟を見殺しにした腑抜《ふぬ》けのクズの慣れの果て。そう伝えようとしたのにできなかったのは、怒りや嫌悪以上に、憐《あわ》れみを感じたからだ。

すがれるのは、偽物のぬくもりを持った思い出と、メッキの剝がれたコインだけ。それ以外になにも持たないあいつから、自分たちを救いにきた父親という幻想を奪えなかった。

今となっては、それでよかったのだと思う。

父親の存在に背を押されたからだろう。戸部が大哉を襲った時、亮介はあの男に立ち向かい、弟を守ろうとしていた。戸部に首を絞められる俺を救うため、木刀を振り下ろした。──あの光景は決して夢ではない。

あいつは俺なんかとは違う。父親の存在を糧にして、俺が歩んだ道とは違う道を進むだろう。瑠那と大哉と、……もしかしたら母とともに。

「……沼の底には、沼の国があるんだ」

言いながら体を離すと、瑠那は首を傾げた。

お前たちを置いてはいかない。そう告げる代わりに語る。

俺たちが失った物語……。家族が笑いながら過ごす、幸福な世界の物語を──。

《二〇〇七年》
二月二十六日

「こんにちは」

沼から上がる俺の姿に気づいた大哉は、少しも不審がることなく窓を開けた。

俺は斜面を上がって大哉に近づく。ついにこの日がやってきた。

「あの沼に住んでるの？　ダイはねぇ、今日からこのお家に住むんだよ」

母がふすまを開けて顔を出した。窓から雨が降り込む様子に眉をひそめたものの、なにも言わずに立ち去る。

軒下に入った俺は、かがんで弟に視線を合わせた。

「ねぇ、一緒にかくれんぼをしようよ」

「うん、する！」

大哉は無邪気にうなずいた。

「俺が鬼をやるから君は隠れて。もう二階には上がってみた？」

「ううん、まだ」

「二階の部屋には物がいっぱい置いてあるんだ。隠れられる場所がたくさんあるよ」

さも重大な秘密であるかのように耳元でこそりとささやくと、大哉はにんまりと笑った。

「じゃあ数えるぞ。一、二……」

「ちょっとタイム。お兄ちゃんのお名前はなんていうの？　ダイはねぇ、大哉っていうんだよ」

「……リョウスケ」

「リョウスケ？　俺の兄ちゃんとおんなじ！」

顔いっぱいに笑顔を広げた大哉は、たっと和室から飛び出し、階段を駆け上った。

「ちゃんと百まで数えてね！」

二階から弾んだ声が響いた。和室に足を踏み入れると、畳がみしりと鳴る。

瑠那の亡骸《なきがら》を抱いて黒沼に身を沈めた俺は、一九九七年の七月にたどり着いた。

あの日から十年足らず……、激しい雨が降って意識が沼から目覚めるたび、ずっと考え続けてきた。

——大哉を、瑠那を救うためにはどうすればいいのか。

自分には様々な制限があることは、長年の試行錯誤の中で思い知った。意識を保てるのは大雨の時だけ、触れられるものも行ける場所も限られているぬまんぼに、できることは少ない。

茶の間の戸が開き、お母さんが姿を見せた。頭痛がひどいのか、眉間にしわを寄せ、大儀そうに足元のウルトラナイトを拾い上げる。

足音が立つのを気にせず前進した俺は、怪訝な顔で振り返ったお母さんの首に手を伸ばした。

目線は俺のほうが高い。細い首をつかむのは容易だった。

考え続け、たどり着く答えはいつも一つだ。戸部を殺さなければ大哉が殺される。戸部を殺せばその二年後には田野井が現れて瑠那が死ぬ。二人を救うためには、こうするしかない。

首に指が食い込む感触に、お母さんは驚愕《きょうがく》の表情を浮かべた。俺は両手に力を入れ、上がりかけた悲鳴を封じる。

ぐうっ、と苦しげな声をもらしたお母さんは、フィギュアを手離し、俺の手を剝がそうとした。

見えざる手に爪を立てる力はか弱い。本当に、なんて弱い……。

俺は喉を震わせた。——ごめんなさい、ごめんなさい。だって、こうするしかないんだ。お母さんが不幸を呼び寄せる。お母さんがいる限り、俺たちはどこへも逃げられない。

お母さんの充血した視線が俺をとらえた。姿は見えないはずだ。わかっていながらも、力を込め続けることはできなかった。

首から手を離すと、お母さんはその場にずるりと座り込んだ。かっ、は、とかすれた息をこぼして喉を押さる。

やれよ。――やるんだ！

俺はお母さんの前に膝をつく。しかし覚悟が一度途切れてしまえば、もうその首に手をかけることはできなかった。

「ぬまんぼ……」

お母さんがつぶやいた。ぼんやりとした視線が、斜面の下の黒沼に注がれる。

「やっと来てくれたのね」

お母さんは姿なきぬまんぼの姿を見上げた。切なげな微笑みとともに、救いを求めるよう伸ばされた手。

俺は、その手をにぎりしめる。

「そうだよ。一緒に行こう」

お母さんが目を閉じた。俺は再び、その首に手を回した。

＊

「もういーよっ！」

簞笥の陰から叫んだ大哉は、リョウスケが自分を探しに来るのをじっと待った。

姉と兄が連れて行かれ、父親とも離れ離れになった。さみしかった。みみっちやぴぴすけとどれだけ遊んでも、心にぽっかりと空いた穴は埋まらなかった。

けれど、今は久しぶりにわくわくしている。リョウスケとは今までの友達の誰よりも仲良くなれる、そんな予感がしていた。

――あの沼の中には国があるんだ。きっとリョウスケはその国の王子様なんだ。

笑いがこらえ切れず、くすくすと声がもれた。しかし、いくら待ってもリョウスケはやってこない。

「もういーよ！」

焦《じ》れて再び声を上げるが、それでもリョウスケが二階に上がってくる気配はなかった。

部屋から出て一階に戻る。和室をのぞいたがリョウスケはおらず、茶の間や台所を見てもその姿はなかった。

――おかしいな。お母さんもいない。

「お母さん！　どこにいるの？」

茶の間に入った大哉の視線は、ふと窓の外にある沼に引きつけられた。風が吹いているわけでもないのに、濁った水面《みなも》がざぶざぶと波打っている。

不思議に感じて首を傾げるが、しかしそれは五歳の子供にとって母親の不在よりも重要なことではなかった。

大哉は沼に背を向けた。頭の中はもう新しい友達ではなく、姿を消した母のことでいっぱいだ。

しかし家中を探し回っても、母はどこにもいなかった。

〈二〇〇九年〉
七月二十二日

黒沼に死体を沈めれば過去へ行く。ならば行った先の過去で死体を沈めた場合、向かう先はどこなのか。

沼に立った俺は、木に結びついたタオルの残骸と、地面に転がる血のついたカッターを見た。

これが答えだ。俺はこの場所へ戻ってきた。

のろのろと沼から上がり、斜面を上る。庭から出て家の表に向かうと、帰宅した大哉が玄関の扉を開けようとしていた。

「亮介、どうしたの？」

ずぶ濡れになった兄の姿に驚いた顔をした大哉は、沼のにおいに気づいたらしく、よりいっそうに目を丸くした。

「もしかして沼に落っこちた？」

「今までどこにいた？」

「勇紀《ゆうき》くんち。一緒にゲームをしたんだ。……亮介？」

不穏なものを感じたのか、大哉はうかがうように俺を見上げた。

「行こう」

俺は大哉の手を引いた。俺たちはもう二度と、この家にも母の元にも帰れないし、帰らない。——絶対に。

「どこへ？」

「小学校の裏にある公衆電話。電話をかけるんだ」

「誰に？　なんで？」

「猪瀬さん。用があるから」

灰色の空からぽつぽつと雨が降り出した。大哉はイノセさんって誰、用ってなに、と質問を重ねてくるが、俺は答えを返さない。ただ心の中で「ごめん」とつぶやく。

家の敷地から出ると、大哉は不安げに二階を振り返った。

「瑠那に行ってくるって言わなくていいの？」

「瑠那は……今、うちにいないから。……ほら、沼の底には、沼の国があるだろう？」

足元から震えが上ってきた。弟の手を強くにぎり、ひたすら歩くことでそれに耐える。

「瑠那はそこへ行ったんだ。沼の国で暮らすことになったから。だからもう……俺たちと一緒にはいられない」

俺が冗談を言っていると思ったようだ。大哉は気を緩ませた様子でくすくすと笑う。

「沼の国には俺や大哉もいるんだ。だから瑠那はさみしくない。ちゃんと……ちゃんと幸せに暮らせるんだよ」

「沼の国にブランコはある？」

あるよと答えると、大哉はさらに楽しげな笑い声を立てた。

「お母さんもいる？」

俺は立ち止まり、固く目をつむった。こぼれそうになるものを必死で抑え込む。

「……いるよ。沼の国で俺たちは、家族四人で幸せに暮らしているんだ」

「なら平気だね。俺と瑠那、いっしょにブランコに乗っているのかなぁ」

そう言った大哉は、ふと俺を見上げて首を傾げた。

「寒いの？　すごく震えてるよ」

俺は首を横に振った。「寒くない」と答えたら、「それじゃあ怖いの？」と聞かれる。

怖いよ。自分のしたことが、これからのことが、恐ろしくてたまらない。

あふれ出した涙をぬぐうと、大哉が俺の手を強くにぎり返した。

「大丈夫だよ、亮介。俺がいるよ」

年の離れた兄が泣く姿は、普段は甘えてばかりの弟を張り切らせた。大哉は俺を引っ張りながら坂の向こうの空を指差す。

「ほら、見て。あっちの空は明るいよ」

大哉が示す先の空の色は、俺にはこの場所と変わりない灰色に見えた。けれど今は自分の目に映るものより、弟に見える世界を信じたい。

「……そうだな。あっちはきっと、晴れているよな」

俺たちは互いに互いの手を引っ張り合いながら、坂を上り始めた。

《二〇一九年》
三月二十八日
初めて目にする曾祖母《そうそぼ》の家は、想像以上に古びていた。窓枠や柱がゆがんでいる上、家全体が斜めに傾《かし》いでいるようにさえ見える。人間が長らく住んでいない家というのは、こうまで荒れてしまうものなのか。
「あれ、こんな感じだったっけ。もっと大きかった気がするんだけど……」
私の隣に立つ大哉は、家を見上げて頭をかいた。私や亮介とは違い、大哉は一時期この家で暮らしていたことがある。

「お前がでかくなったからだろ」

助手席から出てきた亮介があくびを嚙《か》み殺しながら言う。昨夜は職場の飲み会があり、帰りが遅かったそうだ。

「一応、写真を撮っておこうか」

携帯電話を持っていなかったはずの大哉がポケットからスマホを取り出したことに、私は軽く驚いた。しかも先月発売したばかりの新機種だ。

「買ったの？」

大哉はへへっと笑って亮介を指差した。私は顔をしかめる。

「買ってあげたの？」

「バイトを始めたんだから、持っていたほうがいいだろ。職場から連絡が来ることもあるだろうし……」

言い訳がましい口調からすると、甘やかしている自覚はあるようだ。

大哉が屈託なく育ったのは、この甘さのおかげでもあると私は知っている。しかし私は私で、姉の役目を果たさなければならない。

「なにも最新の高いやつを買ってあげなくてもいいでしょ。正社員になったからって油断してると、お金なんてあっという間になくなるんだからね」

「使用料までは亮介に払わせてないよ。ちゃんと自分のお金で払ってる」

胸を張った大哉に、「当然でしょ」と言い返す。

「私は初めてのスマホの使用料だって本体の代金だって、自分のバイト代で払いました！」

「長女は大変だな。俺、末っ子でよかったぁー」

気楽に言った大哉はスマホを構え、たった半日を過ごしただけの家をパシャパシャと撮り始めた。

およそ十二年前、大哉は母とこの家に引っ越してきた。私と亮介も一時保護所を出たのちはここで暮らす予定だったらしいのだが、そうはならなかった。

引っ越したその日、母は大哉を家に残して忽然《こつぜん》と姿を消し、そして二度と私たちのもとへ帰ってくることはなかった。

母を探して家の外に出た大哉は、タイミング良く面談に訪れた児童相談所の職員に保護された。一時保護所を出された私と亮介は、大哉とともに児童養護施設に預けられた。

「――そうだ。思い出した。家の裏に沼があるんだよ」

「うん、業者の人から聞いた」

私に連絡を寄こした不動産業者は、曾祖母の家を取り壊した上で近隣の雑木林とともに整地し、分譲地にする計画があると言い、土地の売却を求めてきた。その際、家の裏にある沼は埋め立てる予定だとも聞いた。

土地を売ったところで家を取り壊す費用を差し引けば、得られる収入は微々たるものだ。しかし、使いようのないあばら家を持て余していた私たちにとっては、願ってもない話である。

姉弟会議では一切揉《も》めることなく売却が決まった。その際に亮介が「子供のころのお母さんが住んでいたところを一度見ておきたい」と言ったため、私たちは今日、そろってこの場所を訪れた。

「裏も見てくる」

そう言った亮介のあとに続いて庭に入る。雑草に侵食された小さな庭は、周囲の林とほとんど一体化していた。斜面の下にある沼の水面は暗く、光の加減によっては深い穴のようにも見える。

「お母さんはここで暮らしていたんだな……」

小さなつぶやきに振り返ると、亮介がさみしげな目を家に向けていた。

私たちにとって、十二年も姿を見せない母はもはや遠い存在だ。もしかしたら亮介がここへ来たいと言ったのは、母への思慕に決別するためだったのかもしれない。

私も亮介もとうに施設を出て自活をしている。来年になれば大哉だって施設を出る。いつまでも消えた母への思いを抱えてはいられない。

「こっち側も撮っておこうか」

大哉はスマホを構えつつ後ろに下がった。

「後ろ、斜面だよ。気をつけて」

言った時にはすでに遅かった。ずるりと片足を滑らせてバランスを崩した大哉の手からスマホが落ちる。

「あっ……」

まさしくあっという間に斜面を転がり落ちたスマホの勢いは止まらず、ちゃぷんと無情な音を立てて沼に沈んだ。

「馬鹿、なにやってんの！」

「お前にはもうなにも買ってやらない」

ため息まじりに亮介が言ったその時には、大哉は斜面を駆け下りていた。一切のためらいなく異臭を立ち昇らせる沼に飛び入った弟の姿に、私も亮介も唖然《あぜん》とする。

「なんだ。そんなに深くないじゃん」

腰を曲げて沼の底を探った大哉は、すぐに「あった！」と得意顔でスマホをかかげた。

大哉はその場で動作を確認し始めた。問題なく操作できたようで、「さすが防水」と安堵《あんど》の笑みを浮かべる。

「いいから早く上がれよ」

亮介は斜面を下り、沼から上がる大哉の手を引っ張った。

「帰りはどうするのよ。そんなずぶ濡れの靴とズボンで私の車に乗る気？」

「タオルを敷けば平気だって」

「歩いて帰って」

「冷たいこと言うなよ。これ、あげるからさ」

斜面を上がった大哉は、私に青いビー玉を差し出した。

「なにこれ」

受け取ったビー玉を手のひらで転がすと、大哉は「沼の底に落ちてた」と軽く言った。

なんだ、ゴミじゃない。そう言おうとして口をつぐむ。

真っ青に透き通ったガラス玉は春の空ように清々しく、吸い込まれるような美しさがあった。

「キレイだな」

ビー玉をのぞいた亮介の口元が、ふっとほころんだ。

「もしかしたら、子供時代のお母さんのものかも」

温かな笑みに、やっと私は理解した。亮介は母との決別のためではなく、母とのつながりを少しでも自分の中に残すためにここへ来たのだ。

「ねぇ、俺が高校を卒業して施設を出たら、三人で住もうよ」

服の裾をしぼりながら、末の弟はそんな提案をしてきた。

「俺、頑張っていいところに就職するし、家賃も生活費もちゃんと出すからさ」

「勘弁してよ。もうあんたたちの面倒を見るのはうんざり」

そう顔をしかめて見せたものの、内心、それもいいかなと思う自分がいる。失った家族の時間を取り戻すのも悪くはないかもしれない。

「なんだよ、カワイイ弟たちだろ」

わざとらしく眉を上げた亮介の言葉に続き、大哉は「そうだ。俺たちはカワイイ！」とこぶしをかかげた。なにがそこまでおかしいのやら、弟二人は同時に噴き出し、互いの肩を叩き合う。

母が消えたと知らされた時、私は自分のどこかが大きく損なわれたように感じた。それでも母がいつか迎えにきてくれるはずだと信じ、しかしなんの音沙汰もないまま一年が過ぎると、私たちを捨てた母に激しく憤った。

「リビングが二十畳ぐらいあるところに住んでみたいよな」

「いいね。テレビもでかいやつを買おうぜ。で、ペットが飼えるところにする。フレンチブルを飼おうぜ」

「いや、犬を飼うならゴールデンレトリバーだ。そこは絶対に譲れない」

肩を並べて歩き出した二人の弟は、夢みたいな願望を好き勝手に言い合った。

施設での生活は幸福に満ちあふれていたわけではなく、苦しさを感じたことも多かった。

けれど私たちは三人いた。一人がつぶれても、もう二人で引っ張り上げることができた。そうして支え合いながら生きていくうち、次第に怒りは鎮まり、母が私を生んだ年齢を過ぎたころには、その孤独と、孤独が生んだ弱さに対する憐憫《れんびん》めいた感情だけが残った。

しかし今、弟たちの大きくなった背中を見ていると、また別の思いがわき上がってくる。

もしかしたら母は、私たちを守るために姿を消したのではないだろうか。

彼女はたぶん、平凡な幸せを望みながら、それを手に入れる方法を知らない人だった。肌になじんだ不幸を手離せない人だった。

母は、そんな自分の人生に子供たちを巻き込むまいとしたのだと、そんなふうに思えてくる。

私はビー玉をかかげ、その美しい青の中に母の姿を思い描いた。――もう平気だよ、お母さん。

今の私たちならお母さんの弱さも孤独も、ちゃんと受け止めてあげられる。だからもう帰ってきてもいいんだよ。

「瑠那、行こう」

二人がそろってこちらを振り返った。私はビー玉をポケットにしまい、春の光の中に立つ弟たちのもとに駆け寄った。

（了）

fHM
futami
HORROR
×
MYSTERY

作品に関するご意見、ご感想等は
東京都千代田区神田三崎町 2-18-11
fHM文庫編集部まで

本作品は書き下ろしです。

沼《ぬま》の国《くに》

2021年11月20日　初版発行

著者 …………………… 宮田《みやた》 光《ひかる》

発行所 ………………… 二見書房
東京都千代田区神田三崎町 2-18-11
電話　03-3515-2311（営業）
03-3515-2313（編集）
振替　00170-4-2639

印刷 …………………… 株式会社堀内印刷所
製本 …………………… 株式会社村上製本所

乱丁・落丁本はお取り替えいたします。
定価はカバーに表示してあります。

ISBN978-4-576-21166-4

https://www.futami.co.jp